B&S Taschenbuch

Bremen. Drei junge Männer hängen in einer Bar ab und langweilen sich. Schließlich beschließen sie, in den Bürgerpark zu gehen, um Schwulen aufzulauern. Am nächsten Morgen stehen dort der dienstgestählte Hauptkommissar Frese und sein noch unerfahrener Assistent Brieselang vor einer Leiche. Keiner weiß, was geschehen ist. Die Polizei nicht und auch nicht die Organisierte Kriminalität, die in den Fall verwickelt ist. Ein Wettlauf des Nachforschens beginnt. Die Gewalt eskaliert. Racheakte, Verzweiflungstaten und unberechenbare Ereignisse erschüttern Bremen. Kann Hauptkommissar Frese die Mörder zur Strecke bringen?

Robert Berg, 1968 in Berlin geboren, ist Kommunikationswissenschaftler und lebt in Berlin. Seit seiner Kindheit hält er sich regelmäßig für längere Zeit in Bremen auf. Er schreibt Kriminalromane, Kurzgeschichten und Erzählungen und ist seit langem auf diversen Lesebühnen unterwegs. Tod im Bürgerpark ist sein zweiter Kriminalroman.

Vom selben Autor im Böhland & Schremmer Verlag erschienen: *Beiß ihn tot, Tiger! Geschichten aus dem Großstadtdschungel,* 2017.

Desweiteren: *Pech für den Puppenspieler. Ein Berlin-Schöneberg-Krimi*, 2017.

Robert Berg

Tod im Bürgerpark

Kriminalroman

Böhland&Schremmer Verlag

Umschlagfoto: ©Michael Schremmer

www.boehland-schremmer-verlag.de

Die Handlung und alle Charaktere dieses Romans sind reine Fiktion. Etwaige Übereinstimmungen mit der Wirklichkeit wären zufällig.

Erste Auflage 2020
Originalausgabe

Lektorat: Böhland & Schremmer Verlag Berlin
Satz: Böhland & Schremmer Verlag Berlin
Gesamtherstellung: Böhland & Schremmer Verlag Berlin
Umschlag: Böhland & Schremmer Verlag Berlin

ISBN 978-3-943622-44-7

Ich bedanke mich bei meinen Bremer Location-Scouts Luise und Leo für ihre Hilfe und bei Marco für die Vokabel ‚Bohrwerksausleger'.

Eins
Langeweile

Es war sehr laut in der völlig überfüllten kleinen Bar in der Hillmannstraße. Pig musste brüllen, damit Haase ihn verstand.

»Der Typ fragt mich, wo es zur Bibliothek geht. Ich erkläre ihm: ‚Da hinten, geradeaus, an der Skulptur mit den Radfahrern vorbei, und dann links ist der Eingang. Da müssen Sie lang.' Und er schaut immer nur auf meinen Finger und dreht sich nicht um, sondern glotzt nur doof. 'Da hinten ist doch auch ein Wegweiser, wo Bibliothek draufsteht', sag ich ihm. ‚Sind Sie blind?' Da hat er dann endlich die Klappe gehalten.«

Haase rutschte auf seinem Barhocker nach vorne und nickte heftig.

»Klasse! So muss man's machen, sonst schnallen die's nicht! Gestern hatte ich auch so einen. In der Bank. Zu dumm, 'nen Geldautomaten zu bedienen. Aber ich kann da leider nich' so deutlich werden. Sonst gibt's Ärger mit dem Chef.«

»Probleme mit dem Automaten? Ist doch supereinfach«, meinte Pig.

»Eben.« Haase nahm einen Schluck Bier.

»Noch 'nen Schnaps?«, fragte er.

»Klar.«

Der Barkeeper reagierte erst auf sein Winken, als Haase sich halb auf die Theke legte.

»Drei Tequila«, brüllte Haase.

Der Mann antwortete nicht und ließ sich auch nicht zu einem Nicken hinreißen. Aber er schloss kurz die Augen. Das sollte wahrscheinlich »Kommt gleich!« heißen.

Pig, der im Gegensatz zu seinen Freunden keinen Sitzplatz ergattert hatte, verlagerte sein Gewicht auf das andere Bein. Langsam wurde das Stehen anstrengend. Er wünschte, er hätte einen Barhocker, so wie Haase und Axel. Um mit Haase sprechen zu können, musste er sich die ganze Zeit runterbeugen, und zwar tief, weil Haase so verdammt klein war. Pigs Nacken fing an zu schmerzen. Außerdem stand er halb im Weg und wurde dauernd angerempelt. Die Leute kamen oder gingen oder wollten zur Toilette oder sonst was. Man sollte meinen, seine kraftraumgestählten Muskeln würden den Leuten etwas Respekt einflößen, aber nein. Ständig schoben sie ihn einfach zur Seite, rammten ihm ihre Ellenbogen in den Rücken oder stießen gegen seine Schultern. Er musste immer unheimlich aufpassen, dass er sich dabei nicht sein Bier über die Klamotten schüttete.

»Alter, das hab ich dir ja noch gar nicht erzählt!« Pig packte Haases Unterarm und ging ganz nah an sein Ohr, um leiser brüllen zu können.

»Letzte Woche war ich hier. Mit Ole, aber der is' dann abgehauen.«

»Ole?« Haase schien zu überlegen. »Welcher Ole?«

»Kennste nich'?« Pig guckte verwundert. »So'n großer Dunkelhaariger. War bei meiner Geburtstagsparty.«

Haases Gesichtsausdruck zeigte deutlich, dass er sich nicht erinnerte.

»Is' ja auch egal, jedenfalls war ich letzte Woche mit ihm hier, und dann ist er aber abgehauen, und ich saß ganz allein am Tresen.«

Pig wurde von einem Klirren unterbrochen. Axels Kopf war nach hinten gefallen. Er wirkte leicht weggetreten. Beim Gegen-die-Theke-Sacken hatte er ein Glas umgeschmissen. In Zeitlupe kippte Axel zur Seite. Haase packte ihn und verhinderte so ein weiteres Abrutschen.

»Hey Axel, alles klar?«

Axel öffnete die Augen und richtete sich wieder auf.

»Was? Klar! Alles klar.«

Das Glas kullerte langsam über die Theke. Haase stoppte es und stellte es wieder hin.

»War zum Glück nichts mehr drin«, sagte er.

»Jedenfalls«, beanspruchte Pig Haases Aufmerksamkeit wieder für sich, »sitzt neben mir so 'ne Braut mit Mini und knallengem Top. Frag' mich immer noch, wie die in das Ding reingekommen ist. Ich denke gerade darüber nach, was ich jetzt mache…«

»So, drei Tequila«, unterbrach ihn der Barkeeper und stellte die Gläser vor Haase auf die Theke.

»Danke«, antwortete Haase. Er nahm ein Glas und warf dann einen zweifelnden Blick auf Axel. Der wirkte schon wieder relativ lethargisch. Aber Pig drückte ihm trotzdem eins in die Hand. Sie kippten das Zeug auf ex.

»Wo war ich?« Jetzt war Pig raus. Haase konnte ihm auch nicht helfen.

»Ach, diese Braut. Ich sehe, dass die mich im Spiegel anschaut, denk mir aber nichts dabei. Dann steht sie auf und im Vorübergehen streifen ihre Möpse meinen Arm. Aber voll!«

»Echt?«, fragte Axel. Das war das erste Mal seit fast einer Stunde, dass er sich in das Gespräch einschaltete. »Und, sah sie gut aus?«

»Bist du besoffen?«, fragte Haase. »Wenn sie scharf is', isses doch egal!«

»Klar sah die gut aus«, sagte Pig entrüstet. »Unglaubliche Titten. Erst überlege ich natürlich, ob das jetzt Absicht war. Aber dann, als sie zurückkommt, quatsch ich sie an. Und sie steigt voll drauf ein.« Pig trank noch einen Schluck Bier. »Wir reden so, und nach 'ner Weile meint sie, es würde ja wohl leer werden hier, und ob ich 'ne Idee hätte, wo noch was los ist.«

»Super«, meinte Haase. Axel fielen die Augen zu.

»Genau«, stimmte Pig Haase zu. »Wir also raus, und sie meint, ihr Auto steht ein paar Häuser weiter. Ich hinterher und starre dabei immer auf ihren Arsch. Der war echt knackig. Und sie merkt das auch, und es stört sie offensichtlich nicht.«

Um auch bestimmt kein schmutziges Detail zu verpassen, beugte Haase sich so weit nach vorne, dass er selbst fast vom Hocker fiel.

»Sie schließt so 'n dunklen riesigen BMW auf und grinst mich herausfordernd an. Ich schmeiße sie rein, zieh ihr den Rock hoch und knall sie durch.«

»Wie, direkt hier in der Straße?«, Haase konnte es nicht glauben. Pig nickte.

»Ja, direkt hier. Ein paar Leute kamen vorbei und haben geguckt. Aber das schien sie eher noch schärfer zu machen.«

Langsam lehnte Haase sich wieder zurück.

»Du bist 'ne Sau.«

Pig grinste schmierig.

»Deshalb nennt man mich Pig.«

»Scheiße!«, sagte Haase, und man sah ihm an, dass er das Gefühl hatte, das Leben sei nicht nett zu ihm. »So was passiert mir nie.«

Dann sagte keiner mehr was. Plötzlich spürte Haase eine Bewegung in seinem Rücken. Noch bevor er reagieren konnte, sprang Pig nach vorne und fing Axel auf. Er war wieder einfach vom Hocker gekippt. Pig hatte große Schwierigkeiten, ihn zu halten, und Haase musste ihm helfen. Sie setzten Axel wieder hin. Es dauerte eine ganze Weile, bis er endlich die Augen öffnete.

»Mann, ist der breit«, Haase stellte seinen Hocker um, damit er Axel besser im Blick haben konnte. »So viel hat er doch gar nicht getrunken.« Pig stimmte ihm zu.

Eine Weile schwiegen die beiden sich an.

»Irgendwie langweilig hier«, meinte Pig schließlich.

Haase zuckte mit den Schultern und überlegte.

»Wir könnten noch in einen Club gehen.«

Aber Pig antwortete: »Das ist doch genauso öde.«

Sie bestellten noch mehr Tequila. Dieses Mal nur zwei.

»Ich hab Bock auf 'ne Schlägerei. Irgendwem den Arsch eintreten«, meinte Pig.

Haase nickte. »Genau! Das wär's!«

Aber es klang nicht so, als würde er den Vorschlag ernst nehmen.

»Weißt du was«, Pig fing an zu lächeln, »wir fahren zum Bürgerpark und machen 'ne Schwuchtel platt.«

»Also ich weiß nicht…«, Haases Stimme zitterte etwas.

Doch Pig meinte es ernst und begeisterte sich immer mehr für die Idee. »Das wird super, Alter.«

Haase suchte nach Argumenten dagegen. »Aber der Park ist doch voll mit denen. Was is', wenn die anderen was mitkriegen?«

»Hör mal«, Pig boxte ihm gegen den Arm. »Was soll dann sein? Glaubst du, die helfen dem?«

Haase antwortete nicht.

»Weißt du, ich mach das nicht das erste Mal. Das sind Tunten, Mann! Die rennen weg wie aufgescheuchte Hühner.«

Haase zweifelte. »Und wenn sie die Polizei rufen?«

»Bis die Bullen da sind, sind wir längst weg«, sagte Pig. Er legte den Kopf zur Seite und schaute Haase skeptisch an. »Sag mal, hast du Angst?«

Haases Ohren röteten sich. »Angst? Ich? Quatsch! Ich bin dabei. Lass uns gehen!«

Erst als Haase schon aufgestanden war, fiel ihnen Axel wieder ein. Prüfend sahen sie ihn an. Seine Augen waren leer, und er drohte erneut zur Seite wegzurutschen.

»Was ist mit dem?«, meinte Haase. »Den können wir wohl kaum mitnehmen.«

»Klar nehmen wir den mit!«, rief Pig. »Wir sind doch keine Kameradenschweine. Bei dem Spaß muss er dabei sein!«

Leise vor sich hin fluchend, drückte Pig ein paar Äste beiseite. Einen Weg durch die Büsche zu finden, war nicht leicht. Es nieselte, alles war nass und immer wieder klatschten ihm die feuchten Blätter ins Gesicht. Pig blieb mit dem Fuß hängen und wäre beinahe hingefallen.

»Hör mal…«, sagte Haase und blieb stehen – er fand den Ort nachts unheimlich –, »wir stolpern jetzt schon fast 'ne Stunde durch den Regen. Ich habe keinen Bock mehr. Die Schwuchteln sind vielleicht woanders. Wegen dem Regen.«

»Nein«, flüsterte Pig, »diese Typen sind pervers, verstehst du? Sie können sich nicht kontrollieren, klar? Die sind hier!«

»Aber wo?«, fragte Haase.

»Keine Ahnung, aber so langsam werde ich sauer. Wenn wir sie finden, kriegen sie es doppelt.«

Zweifelnd kniff Haase die Augen zusammen und sah nach vorn, dann drehte er sich um.

»Axel ist weg.«

Pig war schon ein Stück weitergegangen, aber nun schaute auch er sich um. Tatsächlich, kein Axel zu sehen. Aber es war auch wirklich verdammt finster. Sie drehten um und gingen zurück. Nach etwa 15 Metern fanden sie ihn. Er stand an einem Rhododendronbusch. Als sie näher kamen, sahen sie, dass seine Jacke an einem Ast festhing. Teilnahmslos stierte er in die Dunkelheit.

»Scheiße, Axel«, zischte Pig, »was machst du da?«

Axels Blick klärte sich ein ganz kleines bisschen, und er sagte: »Hä?«

Haase machte vorsichtig Axels Jacke los. Dann gab er ihm einen Schubs in die gewünschte Richtung. Die drei gingen weiter. Nach ein paar Minuten mühsamen Durch-das-Unterholz-Steigens blieb Pig stehen.

»Halt!«

Haase hielt, aber Axel torkelte weiter. Pig machte einen Satz und erwischte ihn am Arm.

»Ich glaube«, meinte Pig, »die hören uns. Wir machen zu viel Lärm. Besser, wir stellen uns irgendwo hin und warten.«

Im Park war es dunkel und still. Nur der Regen und ein Uhu waren zu hören. Durch die Büsche hindurch sahen sie die Lichter des Parkhotels. Die Zeit verging. Plötzlich knackten Äste. Axel war zu Boden gegangen. Pig packte ihn mit beiden Händen an der Jacke und zog ihn hoch.

»Verdammt Axel, was soll das?«

»Gleichgewicht verloren«, lallte Axel.

»Reiß dich zusammen«, flüsterte Pig.

Er schob ihn zurück ins Gesträuch. Gebückt standen sie dort schon eine halbe Stunde, während ihnen der Regen in den Kragen tropfte.

»Es kommt niemand«, meinte Haase.

In diesem Moment hörten sie endlich Geräusche. Schnelle Schritte näherten sich, und ein Mann mit einem Aktenkoffer tauchte aus der Dunkelheit auf. Er kam fast direkt auf sie zu. Als er nur noch wenige Meter entfernt war, sprangen Pig und Haase aus dem Gebüsch und stürzten sich auf ihn.

Der Mann war völlig überrascht. Bevor er auch nur abwehrend die Hände heben konnte, hatte Pig ihn schon umgerissen. Haase und Pig traten auf den am Boden Liegenden ein.

»Scheiß-Schwuchtel«, brüllte Pig, »dir geb' ich's!«

Der Mann versuchte hochzukommen, aber Haase traf ihn mit dem Absatz direkt an der Schläfe, und er sackte in sich zusammen. Dabei rutschte ihm eine Pistole aus der Tasche.

»Seht ihr das?«, fragte Pig. »Der Wichser hat 'ne Gasknarre.«

Pig gab ihm noch einen Tritt.

»Aber das nützt ihm nichts.«

Haase fand den Koffer spannender als die Knarre. Er hob ihn auf und versuchte, ihn zu öffnen.

»Abgeschlossen«, beschwerte er sich.

Axel hatte die ganze Zeit regungslos neben ihnen gestanden. Jetzt hob er die Pistole auf und versuchte, sie auf den liegenden Mann zu richten. Doch er schwankte stark hin und her. Die Mündung zeigte mal auf den Bauch des Mannes, mal auf einen ein paar Meter entfernten Baum und schließlich auf seine eigenen Füße. Er nahm seine zweite Hand zu Hilfe und schaffte es mühsam, endlich sein Opfer anzuvisieren. Lallend sagte Axel »Peng!« und drückte ab.

In der nächtlichen Stille schien der Knall sehr laut. Ein dunkler Punkt war plötzlich auf der Stirn des Am-Boden-Liegenden zu sehen, aus dem Flüssigkeit lief.

»Verdammt«, keuchte Haase. Pig fehlten die Worte.

Axel hatte sich umgedreht und richtete die Knarre nun auf irgendetwas in der Dunkelheit.

»Weg hier«, presste Pig hervor. Sie packten Axel und rannten los.

Zwei
Nachtschicht

Die Chefin saß an ihrem Schreibtisch und kritzelte auf einer Schreibunterlage herum. Ihr schlanker, drahtiger Körper wirkte angespannt. Tom ging langsam zum Fenster und sah hinaus. Er war ein mittelgroßer Typ, den man wahrscheinlich für gutaussehend gehalten hätte, wäre da nicht dieser grausame Zug in seinem Gesicht gewesen. Draußen spiegelte sich der Lichtschein einer altersschwachen Lampe in den Pfützen.

»Sauwetter«, sagte er.

»Soll angeblich in den nächsten Tagen noch schlimmer werden«, meinte die Chefin.

»Was? Ist doch schon fast Mai. Wo bleibt der Sommer?«

Zustimmung suchend, schaute Tom zu André hinüber, der auf der Couch lag und einen Comic las. Die Couch wirkte verdammt klein unter dem langen blonden Kerl. André hob kurz den Blick, zuckte mit den Schultern und las weiter. Tom drehte dem Fenster den Rücken zu. Ein Martinshorn war zu hören. Die Chefin und André sahen auf, ihre Blicke trafen sich. Das Geräusch kam näher. Tom zog die Tür zwischen Büro und Laden einen Spaltbreit auf und versuchte, durch die Schaufensterscheibe auf den Steffensweg zu schauen. Das Martinshorn war jetzt sehr nahe, dann wurde es wieder leiser.

»Ein Krankenwagen«, sagte Tom.

Langsam lehnte sich die Chefin zurück und warf einen Blick auf die Uhr.

»Verdammt! Mitternacht: Wo bleiben die Jungs?«

Tom legte den Kopf schief und schien zu lauschen.

»Ist da nicht ein Motorengeräusch?«, fragte er und machte die Tür zum Laden weiter auf.

»Ja, da kommt ein Auto. Ich glaube, es ist Bernds Opel.«

»Die waren aber doch mit dem Jeep unterwegs«, meinte die Chefin.

Tom öffnete die Tür ganz und blieb auf der Schwelle stehen. Er schob seine Hand unter die Jacke, dorthin, wo er die Pistole trug.

André richtete sich auf und tat es ihm nach. Die Chefin blieb regungslos sitzen. Sie hörten das Geklapper von Schlüsseln und das Öffnen der Tür. Dann tauchte Bernd aus dem Dunkel des Ladens auf. Er schwitzte und wirkte abgehetzt.

»Hey Bernd, was ist los, wo sind die anderen?«, fragte Tom.

»Es war eine Falle«, antwortete Bernd.

»Falle?« Die Chefin zog die Stirn in Falten.

Bernd ließ sich auf den Stuhl vor ihrem Schreibtisch fallen und atmete tief durch.

»Ich musste den Jeep in Weidedamm stehen lassen und bin dann mit dem Bus zu meinem Wagen. Ich habe zig Haken geschlagen, um sicherzustellen, dass mir niemand folgt.«

»Warum?« Die Stimme der Chefin klang ein bisschen ungeduldig.

»Die Polizei hat die Übergabe gesprengt«, antwortete Bernd.

Die Chefin lehnte sich zurück.

»Erzähl!«

»Wir waren pünktlich am Torfhafen«, begann Bernd. »Gregs Leute haben schon gewartet.«

»Greg war nicht dabei?«, fragte die Chefin.

»Hab ihn nicht gesehen. Vielleicht ist er im Wagen geblieben. Olli und Volkan sind mit dem Koffer raus, und drüben sind Klaus und ein anderer Kerl mit 'ner Reisetasche ausgestiegen. Olli und Volkan gehen rüber, und dann bleibt Olli plötzlich stehen. Hat wohl was gehört oder gesehen.

»Was denn?«, mischte sich Tom ein.

»Keine Ahnung«, Bernd warf ihm einen Seitenblick zu. »Mir ist nichts aufgefallen. Ich sehe mich um, und in dem Moment gehen Scheinwerfer an, und plötzlich sind da Bullen. Olli rennt los und ist weg. Klaus und der andere Typ steigen wieder ein und zischen ab. Volkan dreht um und will zurück zum Wagen, aber die Bullen schneiden ihm den Weg ab. Sie versuchen, die Straße komplett zu blockieren. Ich sehe noch Klaus über den Radweg fahren, um über die Findorffer abzuhauen, dann gebe ich Gas und komme selbst grade noch so über die Eickedorfer raus.«

»Wo ist Olli? Und der Koffer?! Was ist mit dem Koffer?«, fragte die Chefin.

»Keine Ahnung«, antwortete Bernd.

Drei
Schlammspiele

Der Fotograf machte die letzten Fotos, damit der Arzt mit seiner Untersuchung beginnen konnte. Kommissar Brieselang untersuchte inzwischen den Boden rund um die Leiche. Vorsichtig setzte er einen Fuß vor den anderen. Jetzt bloß keine Spuren vernichten. Aber der Weg hatte sich durch den Regen in eine riesige Schlammpfütze verwandelt.

In einiger Entfernung kam der Wagen von Brieselangs Chef angerumpelt. Der alte Ford rutschte auf dem feuchten Weg mehr, als dass er fuhr. Ein Polizist mit Regencape tauchte auf und hielt ihn an. Er deutete auf die Wiese, die zum Parkplatz für die Polizeifahrzeuge umfunktioniert worden war. Hauptkommissar Frese parkte ein.

Frese stieg aus und versank augenblicklich fast bis zu den Knöcheln im Matsch. Brieselang konnte ihn fluchen hören. Frese kam rüber. Als er an einem der Beamten vorbeikam, die die weitere Umgebung absuchten, hielt er an und wechselte ein paar Worte mit dem Mann.

Der Arzt war fast fertig, als Frese die Leiche erreichte.

»Guten Morgen«, rief der Kommissar gut gelaunt.

»Wenn Sie meinen«, antwortete der Arzt, »ich kann mir bessere vorstellen.«

Frese schnaubte und senkte den Blick auf den leblosen Körper.

»Sie sind verwöhnt«, sagte er. »Gucken Sie sich diesen Kerl an!« Frese deutete auf den Toten. »Der hätte Grund, sich zu beschweren. Aber höre ich von ihm auch nur ein Wort?«

Der Arzt schwieg.

»O.k.«, sagte Frese, »was ist denn los?«

»Ein Toter. Die Streife hat ihn gefunden«, antwortete Brieselang.

»Natürlicher Todesfall?«, fragte Frese.

»Er hat eine Kugel im Kopf. Außerdem Hämatome, die auf stumpfe Gewalteinwirkung hindeuten«, bemerkte der Arzt.

»Und da es keine Tatwaffe gibt und die Leiche mitten auf dem Weg liegt, sieht es auch nicht nach Selbstmord aus«, ergänzte Brieselang.

»Schuss mitten in die Stirn wäre auch nicht so typisch dafür«, sagte der Arzt und hob die Plane über dem Gesicht etwas an, damit Frese einen Blick auf die Schusswunde werfen konnte.

Seufzend blickte Frese nach oben.

»Kann der sich nicht bei besserem Wetter abknallen lassen?«

Brieselang und der Arzt grinsten.

Frese betrachtete den Boden.

»Spuren?«

»Kaum«, antwortete Brieselang. »Der Regen hat das meiste weggewaschen.«

»Hier treffen sich nachts Schwule«, meinte Frese.

Der Arzt schüttelte den Kopf. »Er sieht nicht allzu schwul aus.«

»Wenn alle Homos aussehen würden wie Homos

und alle Mörder wie Mörder und alle Arschlöcher wie du, wäre das Leben zwar viel einfacher, aber so ist es nun mal nicht«, antwortete Frese.

Der Arzt schaute Frese giftig an, aber dem war das offensichtlich egal.

»Außerdem – wer sieht schon noch schwul aus, nachdem er eine Nacht im Regen gelegen hat?«, sagte Brieselang. Er drehte sich um und deutete auf ein Gebüsch.

»Da drüben sind Äste geknickt und man sieht ein paar Fußabdrücke. Vielleicht hat da wer gestanden, können auch zwei oder drei gewesen sein.«

»Vielleicht?«, wiederholte Frese fragend.

»Muss nicht zur Tatzeit gewesen sein«, meinte Brieselang.

»Ach ja, die Tatzeit«, sagte Frese, »wann war die denn?«

»Na ja«, antwortete der Arzt, »bei den Bedingungen!« Er zuckte mit den Schultern und zog sein Regencape glatt. »Wahrscheinlich so zwischen 22 und 2 Uhr heute Nacht.«

»Das ist der Beweis«, meinte Frese. »Zu spät ins Bett gehen, ist ungesund.«

Er sah zum Gebüsch hinüber.

»Irgendwelche Zigarettenkippen da drüben?«

Brieselang schüttelte den Kopf.

Frese guckte grimmig. »Scheiß Nichtraucher.«

Er beugte sich zur Leiche runter, hob die Plane noch mal an und betrachtete prüfend das Gesicht des Toten.

»Wissen wir was über ihn?«

Brieselang zog seinen Block raus.

»Laut Führerschein ist sein Name Oliver Hauer.«

Frese zog die Augenbrauen hoch.

»Der Name kommt mir bekannt vor.«

Brieselang antwortete, die Personalien würden gerade überprüft, sah auf die Uhr und stand auf, um ein paar Schritte beiseite zu gehen und per Handy nachzufragen.

Als er zurückkam, hörte er Frese klagen: »Am 20. Juni ist das Turnier? Verdammt, da kann ich nicht. Wegen einem Familientreffen. Irgendein entfernter Verwandter meiner Frau hat Geburtstag.«

»Mein Beileid«, antwortete der Arzt.

»Der Tote hat für Ute Simson gearbeitet«, sagte Brieselang.

Frese sprang auf.

»Na, das ist doch was! Schnell weg hier, meine Schuhe sind sowieso schon ganz nass.«

Vier
Import-Export

Der Vormittag versprach sehr ruhig zu werden, denn es nieselte unverändert. Bei so einem Wetter würde sich wohl kaum ein Kunde in den Import-Export-Shop verirren. Tom stapelte Kartons mit Videorekordern in ein Regal des Verkaufsraums. André saß hinter dem Ladentisch und las wieder in seinem Comic.

Ein Klopfen ließ Tom aufschauen. Vor dem Schaufenster standen zwei Männer. Der eine war ein schmächtiger kleiner Kerl um die dreißig mit schwarzen lockigen Haaren, der andere ein stämmiger Dunkelblonder von ungefähr vierzig.

»Verdammt«, sagte Tom, »Frese.«

André signalisierte, dass der Laden noch geschlossen sei.

Frese stellte durch ein paar Gesten klar, dass er trotzdem reinwolle. André legte den Comic weg und zuckte mit den Schultern. Er ging zur Tür und machte sie einen Spaltbreit auf.

»Was is'?«, rief Tom.

»Wir wollen Ute Simson ein paar Fragen stellen«, sagte Frese in einem Ton, als sei es ein Freundschaftsbesuch.

»Worüber?«, fragte Tom.

»Das sagen wir ihr dann schon«, antwortete Frese.

André gab den Eingang nicht frei, aber Tom verschwand durch eine Tür, auf der »Privat« stand, in den hinteren Teil des Ladens.

»Und wie geht's so?«, fragte Frese. »Immer noch im…«, er zögerte eine Weile, so als müsse er überlegen, »…Import-Export-Geschäft?«

André antwortete nicht. Tom kam mit der Chefin zurück.

»Mensch Ute«, strahlte Frese, »lange nicht gesehen!«

Die Chefin zog die Augenbrauen hoch.

»Ich wüsste nicht, dass wir per Du wären.«

Freses Tonfall klang ehrlich gekränkt.

»Wie! Das tut mir aber weh. Wo wir so gut zusammengearbeitet haben bei diesem Dealermord und als dieser andere«, Frese zögerte wieder kurz, »Import-Export-Händler verschwunden ist. Da sind wir uns doch richtig nahegekommen.«

»Wirklich?«, fragte die Chefin. »Meiner Erinnerung nach war es eher so, dass Sie versucht haben zu beweisen, dass ich mit diesen Fällen zu tun hatte. Aber es hat sich ja nun herausgestellt, dass Sie da falsch lagen.«

»Komisch, da weicht jetzt meine Erinnerung wieder ab«, Frese runzelte seine Stirn. »Mir ist so, als hätte man es Ihnen nur nicht beweisen können.«

»Ändert das was an den Konsequenzen?«, fragte die Chefin.

Frese antwortete nicht. Wind kam auf. Der Regen wurde unter das Vordach des Ladens getrieben und Frese und Brieselang bekamen trotz ihrer Schirme einiges ab.

»Also gut. Frau Simson«, lenkte Frese ein, »wir würden Ihnen gerne ein paar Fragen stellen, mehr nicht. Können wir reinkommen? Es ist ziemlich ungemütlich hier draußen.«

»Lass sie rein«, sagte die Chefin zu André. Er trat zur Seite.

»Mann, was für ein Berg Videorekorder«, staunte Brieselang. »Kaufen die Leute das? Ich dachte, jetzt wollen alle DVD-Player mit Festplattenrekorder.«

»Na, Sie wissen ja«, antwortete Tom, »die Brenner von den Teilen funktionieren oft nicht so richtig, und wenn dann das Gerät kaputtgeht, dann verliert man nicht nur einen Film, sondern es sind gleich alle weg.

Da sind die Dinger doch eine riskante Investition. Diese Videorekorder hier haben sechs Köpfe und sind Hi-Fi. Wollen Sie einen?«

»Kriegt er denn Rabatt?«, fragte Frese.

»Nein«, sagte die Chefin.

»Dann lassen Sie es«, befahl Frese. »Ich wäre mir sowieso nicht unbedingt sicher, ob der Markenaufdruck korrekt ist.«

Vorsichtig lehnte Frese den tropfenden Schirm an den Ladentisch und warf einen Blick auf seine nassen Hosenbeine.

»Mistwetter.«

Dann wandte er sich wieder der Chefin zu.

»Wir haben Fragen zu einem gewissen Oliver Hauer.«

Tom und André wechselten einen kurzen Blick. Das Gesicht der Chefin zeigte keine Reaktion.

»Warum?«, fragte sie.

»Arbeitet er hier?«, fragte Frese, ohne auf ihre Rückfrage einzugehen.

Sie blieb hart. »Worum geht es?«

Die beiden schauten sich gegenseitig in die Augen. Kein Flackern und keine Unsicherheit waren in Simsons Blick.

»Er wurde ermordet«, sagte Frese schließlich.

Die Chefin zögerte eine Weile. Dann wandte sie sich Tom zu.

»Kannst du dich an einen Oliver Hauer erinnern?«

Tom machte ein Gesicht, als würde er nachdenken. Die Chefin sah wieder Frese an.

»Der Name kommt mir bekannt vor«, meinte die

Chefin. »Ist das…, Entschuldigung, war das so ein hübscher Dunkelhaariger?«

»Falls er hübsch war«, antwortete Brieselang, »steht ihm der Tod nicht gut. Aber dunkelhaarig kommt hin.«

»Ja, ich glaube«, sagte die Chefin, »der hat hier mal gearbeitet. Aber nicht fest. War eher eine Aushilfe.«

»Und was hat er gemacht?«, Freses Tonfall klang ehrlich neugierig.

»Verschiedenes«, sagte die Chefin. »Lagerarbeiten und so was. Je nachdem.«

Frese sah sich um.

»Zum Beispiel Videorekorder stapeln?«

»Gelegentlich«, sagte die Chefin.

»Aber was macht Tom denn dann?«, Frese grinste.

»Ach wissen Sie«, der Gesichtsausdruck der Chefin war vollkommen neutral, »irgendwas ist hier immer zu tun«.

»Und«, fragte Brieselang, der nicht so ganz außen vor sein wollte, »haben Sie eine Idee, wer etwas gegen Herrn Hauer gehabt haben könnte?«

Die Chefin verneinte.

»Er hat auch nur selten hier gearbeitet«, meinte Tom. »Wir kannten ihn kaum.«

»Glauben Sie«, fragte Frese, »dass es einen Zusammenhang zum Import-Export-Geschäft geben könnte?«

Die Chefin schüttelte sehr entschlossen den Kopf.

»Hören Sie: Ich weiß, dass diese Branche keinen guten Ruf hat, aber zu Unrecht. Billige Fernsehproduktionen und Schmierenschreiber sind daran schuld. Sicher gibt es ein paar schwarze Schafe. Aber die meisten von uns sind hart arbeitende mittelständische Geschäftsleute, die niemals etwas Illegales tun würden.«

Brieselang griff in ein Regal, zog ein Sweatshirt heraus und zog leicht am Markenlogo. Sofort hatte er es in der Hand.

»Warum lässt sich dann bei diesem Original-Lacoste-Sweatshirt das Logo ohne Mühe ablösen?«

Die Chefin wirkte ehrlich bestürzt.

»Unglaublich! Wie konnte das passieren? Da wurden wir wohl reingelegt. Ich versichere Ihnen, die werden sofort aus dem Laden verschwinden. André, kümmere dich bitte darum.«

Ohne zu zögern nahm André den ganzen Stapel auf und verschwand damit im Lager.

»Also, das ist mir wirklich sehr unangenehm. Vielen Dank für den Hinweis.«

Sie lächelte Frese und Brieselang an.

»Aber was die andere Sache betrifft, wie gesagt, ich kann Ihnen leider nicht helfen. Nun muss ich auch wieder an die Arbeit.«

»Tut mir leid, Sie aufhalten zu müssen«, Frese strahlte die Chefin an, »aber trotzdem muss ich Ihnen noch eine letzte Frage stellen. Wo waren Sie gestern zwischen 22 und 2 Uhr? Sie verstehen? Das ist nur 'ne Routinefrage.«

»Ich?«

Der Gesichtsausdruck der Chefin zeigte, dass sie sich gar nicht vorstellen konnte, warum Frese das wissen wollte.

«Ich war hier, mit meinen Mitarbeitern. Wir haben Inventur gemacht.«

Tom und André nickten bestätigend.

Frese zögerte. Er ließ seinen Blick über die Regale schweifen. Aber Tom öffnete ihnen schon die Tür.

»Na dann«, sagte Frese, »vielen Dank für Ihre Kooperationsbereitschaft. Sollten sich trotzdem noch Fragen ergeben, kommen wir wieder.«

Er wandte sich der Tür zu.

»Gerne«, antwortete die Chefin, »aber hören Sie…«, Frese blieb stehen, »unsere Öffnungszeiten sind von 10 bis 18:30 Uhr. Vielleicht könnten Sie darauf achten.«

Frese zog die Ladentür etwas unsanft hinter sich zu. Die Chefin grinste.

André ging ins Lager, kam mit den Sweatshirts wieder raus und legte sie zurück ins Regal.

Fünf
Der Koffer

In dem Moment, wo er sich bewegte, rollte eine Schmerzwelle durch Axels Kopf. Offenbar war eine Horde kleiner Zwerge darin und bearbeitete sein Gehirn mit Spitzhacken. Ihm wurde übel. Was, zum Teufel, war los? Hatte er gestern gesoffen? Axel konnte sich nicht erinnern.

Ein Drehen auf die Seite brachte keine Besserung. Im Gegenteil, es wurde noch schlimmer.

Er legte sich wieder auf den Rücken und öffnete vorsichtig die Augen. Doch nicht vorsichtig genug. Brennender Schmerz zwang ihn, sie sofort wieder zu schließen.

Regungslos blieb er liegen. Die Zwerge schienen ihr Arbeitstempo zu steigern.

Erst nach einer ganzen Weile hörte Axel die Stimmen. Gedämpft schienen sie aus dem Nebenzimmer zu dringen. Aber er wohnte doch allein! Hatte er vielleicht den Fernseher angelassen? Oder vielleicht die Tür offen stehen lassen, und jetzt machten sich Hausbesetzer in seinem Wohnzimmer breit?

Noch einmal öffnete er vorsichtig seine Augen, ganz leicht nur, und stand langsam auf. Die Übelkeit wurde stärker. Aber Axel ging nicht zurück ins Bett. Er wollte wissen, was nebenan los war. Er drückte die Tür auf und fand Haase und Pig gemütlich auf seiner Couch sitzend. Die beiden unterbrachen ihre Unterhaltung, und Pig grinste ihn an.

»Hey Alter, die gestrigen Ereignisse gut verkraftet?«

»Nein«, sagte Axel, »ich glaube nicht.« Er versuchte, zurückzugrinsen.

Haase lachte.

»Du siehst auch nicht sehr frisch aus.«

Es erforderte sowohl eine ganze Menge Konzentration als auch viel Willenskraft, aber mühsam rang sich Axel ein paar Worte ab.

»Was für Ereignisse? Haben wir gesoffen?«

Pig und Haase sahen sich an.

»Na ja«, antwortete Haase zögerlich, »klar, aber…«

Er suchte nach Worten.

»…aber hauptsächlich«, führte Pig den Satz fort, »meinen wir die Ereignisse im Park.«

»Park?«, wiederholte Axel verständnislos.

Pig und Haase sahen ihn ungläubig an.

»Heißt das, du kannst dich an nichts erinnern?«, fragte Pig.

»Woran erinnern?«, fragte Axel zurück.

»Das ist doch ein Trick!«, Haase lehnte sich zurück. »Du willst auf Unzurechnungsfähigkeit raus.«

»Verdammt«, sagte Axel, und sein Ton war nicht freundlich, »was war los?!«

Er ließ seinen Blick durch das Zimmer schweifen und sah auf dem Tisch eine Pistole liegen.

»Was ist das denn für ein Scheiß?«, er deutete darauf. »Wem gehört die?«

Pig verschränkte die Arme.

»Gut, dass du fragst. Die hat nämlich was mit deiner anderen Frage zu tun.«

»Das war so«, übernahm Haase, »wir waren ja in der Bar, und da war es sehr langweilig.«

»Genau«, meinte Pig, »todlangweilig.«

»Und dann sind wir los«, fuhr Haase fort, »und wollten die Schwulen im Park ein bisschen aufmischen.«

»Was wollten wir?«, fragte Axel.

»Ein paar Schwuchteln plattmachen«, erklärte Pig.

»Und ich wollte da mit?«, fragte Axel. Ein neuer Schub Kopfschmerzen raste durch seinen Kopf, und er tastete nach der Kommode, um sich abzustützen.

»Das kann nicht sein. Ihr wisst, ich halte nichts vom Schwulenklatschen.«

»Gestern hast du davon nichts gesagt.« Haase schien fast beleidigt, so, als wäre er getäuscht worden.

»Ich halte nichts davon und auch generell nichts vom Prügeln. Das habe ich oft genug gesagt.«

»Hast du das auch zu dem Typen gesagt«, fragte Pig,

»den du auf Kalles Party fertiggemacht hast?«

»Oder zu den beiden, denen du im Club die Nasen gebrochen hast?«, wollte Haase wissen.

Axel war noch nicht sicher auf den Beinen. Er merkte, wie er anfing zu schwanken.

»Verdammt«, zischte er, »da war ich betrunken.«

»Aha«, stieß Pig hervor, »und damit wären wir wieder beim gestrigen Abend!«

Haase beugte sich vor.

»Also, ich will versuchen, es dir schonend beizubringen. Du, äh…«

Hilfesuchend sah er Pig an.

»Du hast jemanden umgebracht«, beendete Pig den Satz.

Die Worte gingen zuerst an Axel vorbei. Er verstand nicht. Dann, ganz langsam wurde ihm die Bedeutung klar. Für einen Moment waren Übelkeit und Kopfschmerzen vollständig verschwunden. Er stammelte: »Wie?« Dann kam beides mit der Wucht eines Rammbocks zurück. Er begann zu würgen. Zum Glück war die Toilette nebenan. Nachdem er sich übergeben hatte, musste er sofort zurück ins Bett. Alles drehte sich, und Axel konnte nicht mehr aufstehen.

Erst als es schon dämmerte, ging es ihm langsam besser. Haase und Pig waren immer noch da und erzählten ihm nun die Einzelheiten.

»Ich saufe nie wieder«, stöhnte Axel, aber Haase meinte, das würde nun auch nichts mehr nützen.

Pig schien bei allem seine gute Laune nicht verloren zu haben.

»Aber die Sache hat auch was Positives«, strahlte er.

Wie konnte diese Scheiße etwas Positives haben? Axel fragte sich, ob Pig jetzt durchdrehte.

Haase pflichtete Pig jedoch bei.

»Genau! Der Koffer von dem Homo. Den wollte ich mir gerade angucken, als es passierte.«

»Und bei der Flucht hat er ihn mitgenommen.« Pig grinste schon wieder.

Haase lachte.

»Hab' erst gemerkt, dass ich ihn noch in der Hand hatte, als wir hier waren.«

Pig griff unter den Tisch und holte den Koffer hervor. Die Schlösser waren aufgebrochen. Pig legte den Koffer hin und öffnete ihn. Axel konnte gar nicht glauben, was er da sah. Es war ein unglaublicher Anblick. Der Koffer war gefüllt mit sorgsam gebündelten, wunderschönen Geldscheinen.

Sechs
Misstrauen

André saß am Steuer, Tom auf dem Beifahrersitz und die Chefin hinten.

»Da vorn«, rief Tom, »da fährt einer raus.«

Andrés Augen sprangen von einem Auto zum andern, offensichtlich ohne die Stelle zu sehen.

»Da drüben, der weiße…«, Tom suchte nach dem richtigen Wort, »die Limousine.«

»Hier ist alles voller Limousinen«, sagte die Chefin.

»Bei dem Mülleimer, der Volvo«, präzisierte Tom.

Jetzt sah André das Auto, hielt dahinter und setzte den Blinker.

Der Fahrer des Volvo rangierte umständlich hin und her. Tom steckte den Kopf aus dem Fenster und brüllte: »Nun mach schon! Ist doch haufenweise Platz!«

Endlich war der Parkplatz frei, und André parkte ein.

Die Chefin sah sich um. Sie waren in der Faulenstraße, einer Nebenstraße in der Innenstadt, mit kleinen Läden zu beiden Seiten. Sie war belebt genug, dass man nicht auffiel, aber auch nicht so belebt, dass es für jedes gesprochene Wort zwei bis drei Zeugen gab.

»Greg ist schon da«, sagte Tom, »da vor dem Drogeriemarkt steht er.«

Er drehte sich zur Chefin um.

»Komischer Treffpunkt.«

»Wieso?«, antwortete sie. »Wenigstens ist es sicher.«

Sie stieg aus und sah sich um. Nichts Verdächtiges war zu sehen. Trotzdem beugte sie sich noch einmal zum Fenster runter.

»Haltet die Augen offen!«

Tom und André nickten. Langsam ging die Chefin rüber zu Greg.

Greg begrüßte sie und fragte, wie es ihr ginge.

»Wie soll's schon gehen?«, fragte sie. »Was war verdammt noch mal los?«

»Keine Ahnung«, antwortete Greg, »meine Leute waren total überrascht. Wenigstens konnten wir das Zeug retten. Wäre Mist gewesen, wenn die Bullen es in die Finger bekommen hätten. Was ist mit dem Geld?«

Die Chefin sah ihm direkt in die Augen.

»Mach dir keine Gedanken über das Geld. Denk lieber über die Bullen nach. Wieso waren die denn da?«

Greg hielt ihrem Blick stand.

»Ich weiß es nicht. Die müssen einen Tipp bekommen haben.«

»Denke ich auch«, antwortete die Chefin.

Greg warf einen wachsamen Blick die Straße rauf und runter.

»Vielleicht gibt es eine undichte Stelle«, meinte er.

»Bei euch?«, fragte die Chefin.

Greg schüttelte den Kopf.

»Bei mir auch nicht!«

Der Ton der Chefin duldete keinen Widerspruch.

»Könnte doch sein«, versuchte Greg es trotzdem, »die Bullen haben bei euch eine Wanze installiert.«

»Nein«, sagte die Chefin, »wir haben alles abgesucht. Außerdem sind wir grundsätzlich sehr vorsichtig bei unseren Gesprächen.«

»Wir auch!«

Greg deutete die Straße runter und ging los. Die Chefin folgte ihm.

»Was ist mit dem Deal?«, fragte Greg.

Die Chefin antwortete nicht. Sie beobachtete ein paar Tauben, die sich um eine zermanschte Pizza stritten.

»Elendes Ungeziefer«, stieß sie zwischen den Zähnen hervor. Dann wandte sie sich Greg zu.

»Ich will wissen, wem wir das zu verdanken haben.«

»Ich auch«, antwortete Greg, »aber ich sitze auf dem Zeug. Was ist nun damit?«

Die Chefin sah ihn prüfend an. Dann winkte sie ab.

»Der Deal liegt auf Eis.«

Sie blieb stehen.

»Informier mich, wenn du was erfährst.«

Offensichtlich war Greg mit diesem Ausgang nicht einverstanden, aber nach kurzem Zögern nickte er.

Zurück am Auto, fragte die Chefin Tom und André, ob sie was Verdächtiges bemerkt hätten. Die beiden verneinten, nichts Auffälliges war zu sehen gewesen. Sie stieg ein.

»Fahr los!«

»Weiß er was?«, wollte Tom wissen.

»Er sagt nein«, antwortete die Chefin, »aber irgendwie traue ich ihm nicht. Er will das Ding trotzdem durchziehen.«

»Wie denn?«, fragte Tom. »Ohne das Geld?«

»Davon habe ich ihm nichts gesagt.« Sie lehnte sich zurück. »Will nicht, dass er sich Sorgen macht.«

Alle drei schwiegen, und André fuhr eine Weile sinnlos durch die Gegend, um zu sehen, ob ihnen jemand folgte.

Schließlich machte die Chefin dem ein Ende.

»Das bringt nichts. Die wissen doch sowieso, wo sie uns finden können.«

André nickte und steuerte jetzt direkt den Laden an. Er parkte davor. Tom stieg aus und machte der Chefin die Tür auf. André öffnete die Beifahrertür und schwang die Beine raus.

»Halt«, sagte die Chefin.

Die beiden schauten sie an.

»Vielleicht weiß Greg doch über den Koffer Bescheid und will uns mit dem Deal nur unter Druck setzen. Die Sache gefällt mir nicht.«

Sie legte die Hand auf den Türgriff.

»Besser ihr überprüft ihn und seine Jungs mal.«

Tom und André nickten. Die Chefin stieg aus und Tom wieder ein. Die beiden fuhren weg.

Sieben
Fragen über Fragen

Brieselang und Frese studierten die Akten. Frese las gerade den Bericht von der Hausdurchsuchung bei Hauer. Eine Schachtel mit Munition war gefunden worden. Es handelte sich um dasselbe Kaliber wie bei der Tatwaffe. Sonst war nichts von Interesse aufgetaucht. Auch kaum Fingerabdrücke. Und die gefundenen konnten alle Hauer selbst zugeordnet werden.

Es klopfte an der Tür.

Frese rief »Ja?«, und ein Kollege vom Drogendezernat kam herein. Unter dem Arm trug er eine Akte.

»Verdammt, Weiß!«, sagte Frese. »Kannst du nicht vorher anrufen, damit ich noch Zeit habe, das Dope im Klo runterzuspülen?«

»Ulknudel«, antwortete Weiß, ohne wirklich zu lachen. »Schön, dass ich dich antreffe. Ich höre, du hast eine Leiche am Hals?«

»Na ja, was soll man machen«, Frese schob den Stuhl zurück, »scheinbar ist das hier das Morddezernat.«

»Ich habe gehört, es war einer von der Simson-Bande?«

Freses Miene war unergründlich.

»Wird behauptet.«

Weiß ließ sich aber nicht entmutigen.

»Vielleicht interessiert es dich, dass wir gestern einen Einsatz hatten. Großer Drogendeal. Aber die Sache ging schief. Wir haben nur einen von den Jungs geschnappt. Aber ohne Drogen.«

Frese wirkte nicht allzu interessiert. Weiß wartete auf ein Wort der Ermunterung. Es kam jedoch keines. Schließlich gab er sich geschlagen.

»Er heißt Volkan Üzgür und gehört zur Simson-Bande.«

Frese zog die Augenbrauen hoch.

»Na, so ein Zufall. Gestern war das? Und die Simson war in die Sache involviert?«

Weiß machte eine abwehrende Handbewegung.

»Tut mir leid, die Aktion läuft noch, deshalb keine Details.« Er sah sich um, als erwarte er unbefugte Zeugen. Aber hinter ihm war nur die geschlossene Tür.

»Ich habe dir schon mehr gesagt, als ich sollte.«

»Woher«, fragte Frese, »wusstet ihr denn von der Sache?«

Weiß machte eine Geste, als würde er einen Reißverschluss an seinem Mund zuziehen.

»Warum bist du dann hier?«

»Wir müssen Üzgür freilassen. Haben nichts gegen ihn in der Hand«, antwortete Weiß.

»Ich dachte, ich bringe ihn vorher noch mal hier vorbei. Falls du 'n paar Fragen hast.«

Üzgür saß vor Freses Schreibtisch. Er war klein, hatte aber ein breites Kreuz und gut trainierte Muskeln. Üzgür wirkte verstimmt.

»Was ist los? Ich dachte, ich komme jetzt raus.«

»Dachtest du?«, fragte Brieselang.

Ohne zu reagieren, blätterte Frese in Üzgürs Akte.

»Mensch Üzgür, was muss ich hier lesen? Mehrfach vorbestraft! Drogenhandel, Körperverletzung, alles da. Du bist ja ein richtig schwerer Junge. Dabei siehst du ganz harmlos aus.«

»Ich dachte, ich komme raus«, wiederholte Üzgür.

»Das wissen wir schon«, antwortete Frese.

»Erzähl uns doch lieber was Neues. Zum Beispiel, ob du Ute Simson kennst.«

Frese klappte die Akte zu.

»Pass auf! Die Drogensache ist uns egal. Wir ermitteln wegen Mordes.«

Es schien, als würde Üzgür sich etwas straffen.

»Mord? Hab ich nichts mit zu tun.«

»In deiner Akte steht«, sagte Frese, »dass du vor zwei Monaten zusammen mit einem Oliver Hauer verhaftet wurdest.«

»Das war ein Justizirrtum.«

Frese lachte und murmelte: »Justizirrtum? Ja klar.«

»Habt ihr noch Kontakt, Oliver und du?«, fragte Brieselang.

»Warum?« Üzgür sah Frese und Brieselang ratlos an. »Was soll das? Ich dachte, ich kann gehen!«

Brieselang stand auf und ging zu Üzgür rüber. Der sah ihn verständnislos an. Brieselang legte Üzgür die Hände auf die Schultern und beugte sich herunter. Ihre Gesichter waren jetzt nur noch 20 Zentimeter voneinander entfernt. Brieselang sprach ganz langsam.

»Oliver Hauer wurde gestern Abend erschossen.«

Für einen Moment verlor Üzgür die Kontrolle. Überraschung und Angst huschten über sein Gesicht. Dann riss er sich zusammen.

»Ich weiß nichts darüber.«

»Nein?«, Freses Ton war vorwurfsvoll. »Üzgür, ich bin enttäuscht! Dein Kumpel wird abgeknallt, und du bist gar nicht kooperationsbereit.«

»Ich will einen Anwalt.«

»Weißt du was«, sagte Brieselang, »Hauer wurde im Bürgerpark erschossen. Da, wo die Homos sich nachts fürs Outdoor Cruising treffen. War er schwul?« Brieselang streichelte Üzgürs Wange. »War er dein kleiner Chou-Chou?«

Üzgürs Züge verzerrten sich. Er lief rot an, aber er blieb stumm.

Frese hatte den Verdacht, dass dieses Verhör nichts bringen würde.

Acht
Sauna

Zum wiederholten Male hielt Axel den Standventilator an. Er drehte ihn etwas zur Seite und kippte den Kopf eine Stufe nach vorn. Dann ließ er ihn los. Einen Moment verharrte der Ventilator. Es knackte besorgniserregend, dann schwenkte er nach rechts. Der Vorhang am Durchgang zur Küche blähte sich auf. Der Ventilator hielt an und bewegte sich nach links. Pigs glimmende Zigarette wurde aus dem

Aschenbecher geblasen und landete auf dem Sesselbezug. Nur Pigs schnelles Eingreifen verhinderte ein Brandloch. Sanft erzitterten die Blätter des Ficus. Axel hielt den Ventilator wieder an und drehte ihn noch weiter nach rechts.

»Hey«, Pigs Ton klang ungeduldig, »seit einer Viertelstunde fummelst du an dem Ding rum. Das nervt.«

Axel ließ sich davon nicht beeindrucken. Er kippte den Kopf des Ventilators drei Stufen nach hinten.

»Ich will nicht, dass er die Pflanzen anpustet. Die kriegen davon braune Blätter.«

Er ließ den Ventilator wieder laufen, und erneut erzitterten die Blätter. Jetzt gab Axel doch auf und setzte sich auf die Couch.

»Stell ihn doch einfach runter.«

»Das ist die kleinste Stufe«, antwortete Axel und nahm einen Schluck aus der Bierflasche. »Ich schätze, der ist zu stark für das Zimmer.«

Pig öffnete noch einen Knopf seines Hemdes.

»Vollkommen absurd! Seit Tagen Regen und dann sind es trotzdem über 30 Grad.«

»Ham sie im Fernsehen erklärt«, meinte Axel. »Wenn die Temperatur in den oberen Luftschichten,…nee, wenn sie in den unteren Luftschichten…«

Axel nahm noch einen Schluck Bier und überlegte.

»Ich glaube, ich habe das von Anfang an nicht richtig verstanden.«

»Die Meteorologen denken sich so was doch sowieso nur aus«, sagte Pig.

Die Türklingel schepperte. Axel erhob sich widerwillig. Er drückte auf den Summer für die Haustür, öffnete die Wohnungstür ein Stück und setzte sich wieder hin. Haase kam rein. Irgendwie wirkte er aufgeregt.

»Haase«, rief Pig, »schön dich zu sehen! Hast du vielleicht Bier mitgebracht? Unseres ist alle.«

»Bier?« Haase war ehrlich entrüstet. »Habt ihr denn die Zeitung nicht gelesen?«

»Klar hab ich sie gelesen«, antwortete Pig. »Montag. Gibt's etwa schon wieder 'ne neue?«

Axel lachte. »Kommt die nicht jeden Tag neu raus?«

»Toller Service!«, Pig schien ernsthaft begeistert.

»Jetzt macht keine Witze!«, Haase wedelte mit der aktuellen Ausgabe.

»Dieser Kerl war ein gefährlicher Gangster.«

Pig nahm ihm das Blatt ab und las die Schlagzeile: »Toter aus Bürgerpark vorbestrafter Krimineller!«

Darunter stand: »Neue Informationen im Zusammenhang mit dem Mord im Park lassen eine Verbindung zum organisierten Verbrechen vermuten. Wie unser Reporter erfuhr, handelte es sich bei dem Opfer um einen mehrfach mit dem Gesetz in Konflikt geratenen Kriminellen. Wegen Delikten wie Körperverletzung und Drogenhandel verbüßte er bereits zweimal Haftstrafen und gehört zum Umfeld einer der mächtigsten Banden der Stadt.

»Na und?«, Pig gab die Zeitung an Axel weiter.

»Verstehst du nicht? Der Mann gehörte zur Mafia.«

Axel warf einen kurzen Blick auf den Artikel. Dann fragte er: »Worauf willst du hinaus?«

»Die Mafia, Mann! Die suchen uns jetzt. Wenn die uns kriegen, sind wir erledigt.« In Haases Augen spiegelte sich Panik. »Wir müssen abhauen, weg von hier.«

»Was?« Axel wurde etwas laut. »Abhauen? Alles aufgeben? Meine Arbeit und so? Und ich bin gerade erst umgezogen.«

»Das ist doch egal«, Haases Stimme kippte fast um. »Die bringen uns um. Da haben wir keine Chance.«

»Reiß dich zusammen!« Axel wurde böse. »Bekommt dir die Hitze nicht?«

Pig stand auf.

»Was ist los mit dir? Wir haben das doch alles durchgesprochen. Es gibt keine Verbindung zwischen uns und dem Opfer. Keine Spur führt zu uns. Niemand weiß, dass wir im Park waren.«

Haase war nicht überzeugt. Pig legte ihm die Hand auf die Schulter.

»Mensch Haase, denk doch mal nach. Eine Million Euro! Und für jeden von uns ein Drittel! Das reicht 'ne Weile.«

»Genau«, sprang ihm Axel bei. »Wir müssen uns nur erst mal ruhig verhalten. Weder die Polizei noch die Freunde von dem Typen können auf uns kommen.«

Haase grinste unsicher.

»Ich weiß nicht.«

»Haase, alter Kumpel«, sagte Pig, »sei kein Huhn. Das wird schon gut gehen.«

Er boxte Haase in die Seite.

»Los, lass uns ein paar Flaschen Bier holen. Dann geht's dir wieder besser.«

Haase zögerte, dann nickte er.

»O.k., gehen wir.«

Neun
Verdächtig

Tom und André saßen im Wagen, auf dem Parkplatz unter der Hochbahn, ein Stück von Gregs Spielothek am Rembertiring entfernt.

»Guck mal«, Tom stieß André an. Er deutete auf einen tiefergelegten amerikanischen Sportwagen, der mit röhrendem Motor angefahren kam. Er parkte einfach auf dem Radweg vor dem Parkhaus und zwei schnauzbärtige Kerle und eine sehr billig aussehende Frau im Neonmini stiegen aus. Die Männer hatten lange, zurückgegelte Haare.

»Warum haben die beiden nicht gleich ‚Zuhälter' auf ihre Stirn tätowiert?«

André sah von seinem Comic hoch. Er zuckte mit den Schultern.

»Glaubst du«, fragte Tom, »Greg macht Geschäfte mit solchen Leuten?«

André zuckte nochmals mit den Schultern und versenkte sich wieder in seine Lektüre.

»Hoffe nicht«, schloss Tom das Thema ab. »Scheiße. Wie lange sitzen wir jetzt hier?«

Er sah auf seine Uhr. »Fünf Stunden? Unglaublich!« Tom stellte die Rückenlehne etwas nach hinten.

»Und gestern und vorgestern auch schon. Aber da passiert gar nichts.«

Ohne auch nur aufzusehen, nickte André.

»Irgendwann bemerken die uns noch. Vielleicht

sollten wir uns ein Zimmer nehmen. So machen die das doch im Fernsehen.«

Tom sah sich um.

»Aber ich sehe hier gar kein Hotel. Komisch, gibt doch eigentlich eine ganze Menge hier in der Gegend.«

Er überlegte.

»Andererseits, wenn hier eins wäre, würde es mit Sicherheit Freunden von Greg gehören. Also käme das dann sowieso nicht in Frage.«

Er wühlte im Handschuhfach rum, wo verschiedene Zeitschriften lagen.

»Hab' auch nichts mehr zum Lesen. Bei dem Zeug da drin kenne ich sogar das Impressum auswendig.«

Er drehte sich um und warf einen Blick die Straße hinunter.

»Wir könnten mal 'ne Pause machen und irgendwo was essen.«

André nickte. Er schlug seinen Comic zu und legte die Hand auf den Zündschlüssel. Dabei warf er noch einen letzten Blick auf die Spielothek. Tom, der gerade nach einer runtergefallenen Zeitschrift tauchte, bekam plötzlich einen Stoß in die Rippen. Er kam hoch und sah einen von Gregs Gorillas vor der Spielhalle stehen.

»Hey, »sagte Tom, »das ist doch Pit. Der Kerl hat zwar eine Menge Muskeln, aber weniger Hirn als eine Schüssel Kartoffelsalat.«

Pit schaute die Straße rauf und runter. Dann ging er zum etwa fünfzig Meter weiter gelegenen Parkhaus Herdentor und verschwand. Nach einer Weile verließ ein Jeep das Parkhaus. Der Jeep fuhr auf den Rembertiring, blieb dann aber abrupt stehen. Eine junge

Golffahrerin wäre ihm beinahe hinten reingerasselt. Hupend fuhr sie um den SUV herum.

»Ich glaube, das ist Pit. Der Typ ist einfach blöd«, sagte Tom.

André nickte.

Jetzt legte Gregs Helfer den Rückwärtsgang ein, wartete dieses Mal immerhin auf eine kurze Pause im Verkehrsfluss und fuhr den Wagen rückwärts zur Spielothek, wo er einfach in zweiter Reihe stehenblieb. Er stieg aus und ging rein.

Es dauerte eine ganze Weile, dann kam er wieder raus mit einem weiteren Gorilla, auch muskelbepackt, aber kleiner und deutlich übergewichtig. Zwischen sich hatten sie einen jüngeren Mann mit langen Haaren.

»Der Kerl wirkt ein bisschen unglücklich«, sagte Tom, »man könnte meinen, er käme nicht ganz freiwillig mit.«

Die beiden Gorillas verfrachteten den jungen Mann unsanft auf die Rückbank des SUVs. Pit setzte sich daneben, und der andere stieg vorne ein. Sie fuhren los.

André ließ den Motor an und folgte dem Wagen. Die Fahrt führte über einen U-Turn zunächst zur Hansestraße und dann zu einem alten Speicher am Hafen. Zerbrochene Fensterscheiben und der unkrautüberwachsene Vorplatz des Gebäudes ließen darauf schließen, dass hier schon länger nichts mehr gelagert worden war. Zumindest nichts Legales.

Vor dem Tor des Speichers erkannten sie Greg. André war ziemlich weit zurückgeblieben, damit sie nicht entdeckt wurden. Er parkte den Wagen im Schutz eines anderen Gebäudes, und sie stiegen aus.

Tom sah vorsichtig um die Ecke. Der SUV hielt an. Pit öffnete die Tür und schwang die Beine raus. Er packte den neben ihm sitzenden jungen Mann am Arm und zog ihn mit sich nach draußen. Es sah aus, als wäre dieser an den Händen gefesselt. Der Fahrer stieg ebenfalls aus und nahm den anderen Arm des Gefesselten.

Greg trat hinzu und sprach kurz mit den dreien, dann gingen sie in den Speicher.

Nur wenige Minuten später kam Greg wieder raus, stieg in einen großen schwarzen Mercedes und fuhr davon.

»Was geht da vor?«, wunderte sich Tom.

André zuckte mit den Schultern, während er dem wegfahrenden Wagen nachsah. Er zog seine Pistole halb aus dem Holster und sah Tom fragend an.

»O.k.«, sagte Tom, »sehen wir nach.«

Sie fanden eine Seitentür, die nur noch halb in den Angeln hing und einen breiten Spalt offen ließ. Beinahe lautlos quetschten sie sich hindurch.

Drinnen erkannten sie unter einer dicken Staubschicht einige Stoffballen und einen Stapel Paletten. Überall lagen Brocken von herabgefallenem Putz herum. Sonst war nichts zu sehen.

Ganz am anderen Ende eines großen Lagerraums war ein rechteckiger Verschlag, etwa sieben mal sieben Meter. Möglicherweise früher mal das Büro. Zwei Fenster sollten den Leuten im Verschlag wohl einen Blick in den Speicher ermöglichen, aber die Scheiben waren total verdreckt und undurchsichtig. Eine war durch eine Pappe ersetzt. Trotzdem konnte man erkennen, dass dort Licht brannte.

Tom und André verständigten sich wortlos und gingen dann vorsichtig darauf zu, immer an der Wand lang. Als sie direkt vor dem Kasten standen, hörten sie ein Wimmern. Plötzlich brach es ab.

André baute sich mit der Waffe in der Hand vor der Tür des Verschlages auf, auch Tom zog seine Pistole. Dann stieß er die Tür auf.

Der Mann mit den langen Haaren sah jetzt noch unglücklicher aus. Er war an einen Stuhl gefesselt. Der kleine dicke Gorilla verklebte ihm gerade den Mund. Pit saß an einem Schreibtisch und trank Kaffee.

»Hände hoch!«, brüllte Tom.

Die beiden waren völlig überrascht.

»Ihr seid ja Penner.« Tom trat ein. »Keine Wachen und kein gar nichts. Kein Wunder, dass Geschäfte mit euch nicht reibungslos über die Bühne gehen.«

»Was wollt ihr?«, keifte Pit.

»Wir wollen wissen, was hier los ist.«

»Das geht euch nichts an«, sagte der kleine Gorilla. »Haut ab, sonst gibt's Ärger.«

Dabei war jedoch ein leichtes Zittern in seiner Stimme zu bemerken.

»Schnauze!«, brüllte Tom.

Während André ihm den Rücken freihielt, ging Tom zu dem kleinen Gorilla und durchsuchte ihn. Er hatte nur ein Messer dabei. Dann ging er zu dem anderen.

»Schon gut«, sage der, »sie ist in meiner Hose.« Ganz langsam senkte er den Arm und zog mit zwei Fingern eine Pistole heraus.

»Leg sie auf den Tisch!«, befahl Tom. Pit gehorchte, und Tom nahm die Waffe und steckte sie in die Tasche.

»Habt ihr den Jungen beim Automatenknacken erwischt?«, fragte er und deutete auf den Gefesselten.

»Frag doch Greg«, zischte Pit.

Tom grinste und rammte ihm die Faust ins Gesicht. Seine Lippe platzte und Blut tropfte in die Kaffeetasse.

Ohne den Kleinen aus den Augen zu lassen, kam André näher und hob einen Strick vom Schreibtisch auf. Fragend sah er Tom an.

»Du traust den Pissern wohl nicht, wie?«, sagte Tom. André nickte. Sie verschnürten die beiden fachgerecht und legten sie nebeneinander auf den Boden.

Dann wandten sie sich dem Gefesselten auf dem Stuhl zu.

»Kommt mir bekannt vor.« Tom überlegte. »Ich habe ihn in Gregs Laden gesehen. Er saß an der Wechselkasse.«

André packte den Klebestreifen am Mund des Mannes und riss ihn mit einem Ruck ab. Der Mann schrie vor Schmerz auf.

»Was läuft hier?«, fragte Tom, und seine Stimme sollte freundlich und mitfühlend klingen. Aber der Kerl fing wieder an zu wimmern.

»Erzähl uns, was los ist. Vielleicht können wir dir helfen.«

Der Mann sah sie aus angstgeweiteten Augen an und hörte auf zu wimmern. Aber er presste seine Lippen zusammen und sagte kein Wort.

»Meinst du, er ist stumm?«

André antwortete nur mit einem skeptischen Gesichtsausdruck.

Tom ging rüber zu dem kleinen Gorilla und hielt ihm die Knarre an den Kopf.

»Hab noch 'nen Termin beim Friseur und deshalb keine Zeit. Ich zähle jetzt bis fünf. Sag mir, was los ist, oder du brauchst keinen Friseur mehr.«

Der Gorilla fing an zu schwitzen. Tom zählte. Bei drei rief der Gorilla »Halt!«.

Er tauschte mit Pit einen Blick.

»Das ist einer von unseren Kassierern. Wir haben mitgekriegt, dass er Geld unterschlagen hat.«

»Das glaube ich nicht«, sagte Tom. »Das ist ein Spitzel, ihr hattet einen Spitzel in eurem Hauptquartier.«

»Nein«, keifte Pit, »der Spitzel muss bei euch sein.«

Tom ging rüber und zog ihm mit der Pistole eins über. Er brüllte: »Du bist nicht gefragt.« Der Schlag war etwas zu heftig. Pit war weggetreten.

Tom wendete sich wieder dem anderen zu.

»O.k., Schluss mit den Spielchen. Wer hat Olli erschossen?«

»Keine Ahnung«, antwortete der kleine Gorilla.

André trat ihm in die Seite. Der Gorilla krümmte sich.

»Lüg' mich nicht an«, sagte Tom, »ihr habt ihn erschossen. Und dann habt ihr ihm die Kohle abgenommen.«

»Kohle?«, der Gorilla war offensichtlich ehrlich erstaunt.

»Mit der Sache im Park haben wir nichts zu tun und von Geld weiß ich auch nichts.«

Tom und André bearbeiteten ihn mit Händen und Füßen, aber es kam nichts dabei heraus. Dann bearbeiteten sie den Kassierer. Er wimmerte nur und sagte kein Wort. Sie versuchten, Pit zu wecken, um auch ihn ausquetschen zu können. Aber er blieb bewusstlos.

Schließlich kamen sie zu dem Schluss, dass sie nichts aus den Leuten herausbekommen würden. Sie waren schon an der Tür, als Tom stehenblieb.

»Greg wird sauer sein, wenn er von dem hier erfährt.«

André blieb ebenfalls stehen.

»Außerdem«, ergänzte Tom, »wissen die beiden jetzt dummerweise auch, dass das Geld weg ist.«

André drehte um und ging zu dem kleinen Gorilla. Er hob die Pistole und drückte ab, bevor der Mann überhaupt begriff, was los war.

Zehn
Anfängerglück

Dieses Mal war Frese zuerst da. Brieselang konnte ihn ganz hinten in der Halle zusammen mit dem Arzt vor einer Art Verschlag stehen sehen.

Brieselang hatte etwas länger gebraucht, weil er noch mit seiner Frau telefonieren musste. Sie war besorgt, dass sie die Einrichtung des Hauses und den Garten nicht rechtzeitig bis zu ihrer Barbecue-Party fertig kriegen würden. Er hatte ihr nicht gesagt, dass das verdammte Haus ihm völlig egal war. Als sie von Potsdam nach Bremen gekommen waren, hatte er sich gewünscht, dass sie sich erst mal eine Mietwohnung suchten, oder wenn überhaupt ein Haus, dann ein kleines, das nicht so weit draußen war.

Er sagte auch nicht, dass sie ihn verdammt noch mal gar nicht gefragt hatte, ob er dort wohnen wolle. Nein, sie und ihr Vater hatten das so beschlossen, dann hatten sie ein Haus gesucht und ihr Vater hatte es gekauft. Aber nicht etwa als Geschenk. Nein, er hatte das Geld als Kredit vorgeschossen. O.k., er nahm sehr niedrige Zinsen von ihnen, aber trotzdem war es eine Tatsache, dass seine Frau und er sich die monatlichen Raten eigentlich nicht leisten konnten. Und nun dachte Brieselang jedes Mal, wenn er auf dem Weg zu ihrem Haus in Mahndorf in die Straße »Zum Falsch« einbog, dass er und seine Frau an dieser Stelle ihres Lebens wirklich falsch abgebogen waren.

Doch er sprach keinen dieser Punkte an, sondern versuchte ihr nur zu erklären, wie wichtig dieser erste große Mordfall in seiner Karriere für ihn war und wie viel Arbeit sie gerade hatten. Doch seine Frau interessierte das einfach nicht. Sie zählte wieder und wieder auf, was alles noch gemacht werden musste.

Ein Uniformierter hielt Brieselang an und wollte wissen, wer er war. Er zeigte seinen Ausweis und ging weiter. Als er sich Frese näherte, hörte er, wie der sagte: »Unentschieden gegen Wolfsburg, das war echt eine Enttäuschung. Jetzt wird es verdammt schwer, die Bayern noch einzuholen. Ich glaube, das wird dieses Jahr nichts mit der Meisterschaft.«

Der Arzt nickte. Frese sah zur Seite und bemerkte ihn.

»Ah, Brieselang. Wo waren Sie? Ich hab mindestens dreimal mit Ihrer Mobilbox gesprochen.«

»Funkloch«, antwortete er.

Irgendwas an Freses Blick ließ ihn vermuten, dass er ihm nicht glaubte.

»Ist ja auch egal«, winkte Frese ab. »Sie kommen gerade noch rechtzeitig. Gleich werden die Leichen weggeschafft. Aber vorher sollten Sie sich das noch mal anschauen.«

Ein Motorengeräusch war zu hören. Es kam näher. Brieselang drehte den Kopf und sah einen Leichenwagen langsam in die Halle fahren. Frese ging in den Verschlag, und Brieselang folgte ihm. Zwei gefesselte Männer lagen auf dem Boden, einer hing in einem Stuhl. Die drei waren offensichtlich durch Kopfschüsse getötet worden. Alles war voller Blut. Brieselang wurde etwas übel.

Frese lachte.

»Ja, da sind Sie natürlich fasziniert. Ein unglaubliches Glück haben Sie. Die ersten zwei Jahre, als ich bei der Mordkommission war, gab es nur tödliche Familienstreitereien und Junkies, die Omas erschlugen. Sie sind jetzt kaum einen Monat hier und dann gleich so ein spannender Fall.«

Brieselang wusste nicht, was er dazu sagen sollte.

»Ich glaube«, Frese beachtete die wahrscheinlich inzwischen etwas grünliche Gesichtsfarbe von Brieselang nicht, »der Heini im Stuhl hat die anderen beiden erschossen, und dann bekam er einen Herzinfarkt.«

»Vielleicht war es ja auch eine Lebensmittelvergiftung«, sagte der Arzt, der ihnen gefolgt war. »Genau kann ich das erst nach der Obduktion sagen.«

Brieselang drehte sich weg.

»Kommen Sie«, sagte Frese und nahm ihn am Arm. »Da drüben, die beiden Jungs haben ihn gefunden. Ich habe mit der Befragung extra auf Sie gewartet. Dachte, Sie haben eher einen Draht zu den jungen Leuten.«

Die zwei Jungs standen in einiger Entfernung. Sie waren vielleicht vierzehn oder fünfzehn Jahre alt, trugen kurze Hosen, weite T-Shirts und schiefsitzende Basecaps. Der kleinere hatte einen Ghettoblaster.

Frese stellte sich und Brieselang vor, dann sagte er:

»Also, ihr beiden habt die Leute da drin gefunden?«

Die zwei nickten. Brieselang hatte Schwierigkeiten, in ihren Gesichtern zu lesen. Ihre Augen wirkten rot.

»Was wolltet ihr denn hier?«, fragte er.

»Och«, antwortete der größere der beiden, »wir kommen manchmal hierher, um zu üben.«

»Üben?« Brieselang hatte keine Idee, was man hier üben konnte.

»Ihr seid Breakdancer. Stimmt's?«, sprang Frese ein.

Die Jungs nickten.

»Ich kann auch was.«

Frese führte den Moonwalk vor, dann warf er sich auf den Boden und drehte sich auf seinem Rücken.

Keuchend und schwer atmend kam er wieder auf die Füße.

»Nicht schlecht für mein Alter, was?«

»Jau«, antworteten die Jungs und grinsten.

Brieselang hatte das Gefühl, ein bisschen außen vor zu sein.

»Das ist doch privates Gelände, da könnt ihr doch nicht einfach so eindringen.«

»Wieso?«, meinte der Kleinere. »Hier ist doch keiner. Das Ding steht leer. Ist nicht mal abgesperrt.«

»Eben!«, fiel Frese Brieselang in den Rücken. »Heute kommt alles in Containern. Und für die braucht man keinen Speicher.«

Er wandte sich wieder den Jungs zu.

»Also, erzählt mal: Wie war das?«

»Na ja, wir kamen hier rein und wollten unsere Pappe holen«, sagte der Kleinere.

»Pappe?« Brieselang verstand schon wieder nichts.

»Wir haben so 'ne große Pappe. Darauf üben wir. Der Boden ist zu rau.«

Das stimmte. Wegen der fehlenden Scheiben hatte die Witterung dem Steinboden stark zugesetzt.

»Und die Pappe tun wir wegen der Ratten immer da hinten rein.« Der Junge deutete auf den Verschlag.

Der andere übernahm: »Ben hat die Tür aufgemacht, und dann haben wir sie gesehen.«

In seiner Stimme mischten sich Entsetzen und freudige Erregung. So ein Abenteuer erlebte man nicht alle Tage. Die Kumpels würden staunen.

»Habt ihr irgendetwas angefasst?«, fragte Frese.

»Nein«, antwortete der Kleinere, »wir haben die Tür wieder zugemacht und die Polizei gerufen.«

»Wie seid ihr denn hierhergekommen?«, fragte Brieselang.

»Zu Fuß durch den Hafen.« Der Große zeigte in Richtung der Hallenrückseite. »Wir wohnen Waller Wied.«

Soweit es Brieselang bei seiner Ankunft im Nieselregen hatte erkennen können, erstreckte sich in Richtung des Fingers eine größere Fläche mit Speichern und alten Fabriken. »Und ist euch dabei irgendwas aufgefallen? Habt ihr was gesehen?«

»Nein«, sagte der Kleinere und fummelte an seinem Ghettoblaster rum.

Der andere Junge antwortete zunächst nicht und schien anzufangen zu grübeln.

»Doch«, sagte er schließlich, »da war ein großer Wagen. Schwarz.«

»Stimmt«, meinte der Kleinere, »der kam aus der Straße, als wir bei der Rolandmühle um die Ecke kamen. Mercedes, glaube ich.«

»Nee«, widersprach der andere, »BMW.«

»Und«, hakte Frese nach, »habt ihr gesehen, wer drin war?«

»Keine Ahnung«, antworteten die Jungs einstimmig, »wir waren zu weit weg.«

»Schade«, schloss Frese die Befragung ab. »Ihr müsst noch mit auf die Wache. Da wird ein Protokoll angefertigt. Was ist das eigentlich?« Er zeigte auf ein riesiges Graffiti an der einen Hallenwand. Es zeigte eine Gruppe von Jungs aller Hautfarben von blau bis schwarz, die eine Mischung aus Superhelden und Breakdancern zu sein schienen.

»Wart ihr das?«

»Nein.« Die Stimmen der Jungen wirkten unsicher. »Wir machen nur legale Sachen.«

»Ist aber nicht schlecht«, meinte Frese und gab sich mit der Antwort zufrieden. Er winkte einen Beamten herbei, der die beiden mitnahm.

Brieselang fand, die Befragung sei etwas lax gewesen.

»Sie lassen sie einfach so ziehen? Wer weiß, was die sonst noch hier gemacht haben. Haben Sie die Augen von denen gesehen? Die waren doch total bekifft.«

Frese zuckte mit den Schultern.

»Außerdem«, Brieselang war aufrichtig entrüstet, »waren die ja wohl ganz schön cool. Wenn man bedenkt, was da drin ist.«

Er zeigte auf den Verschlag, aus dem gerade eines der Opfer in einem Sarg hinausgetragen wurde.

»So können Sie das nicht sehen.« Frese hatte Schwierigkeiten, sich ein Lachen zu verkneifen. »Klar sind die geschockt. Aber natürlich ist das auch aufregend. Haben Sie die kleinen Häuschen mal gesehen, wo die wohnen? Die erleben wahrscheinlich nicht so oft was Aufregendes.«

»Nein«, antwortete Brieselang, »das ist keine Entschuldigung. Die waren doch richtig abgebrüht. Was soll aus solchen Jungs werden?«

»Woher kommen Sie denn?«, Freses Ton war anzuhören, dass er der Diskussion überdrüssig wurde. »Was aus denen wird, das kann keiner sagen. Mein bester Freund aus Jugendtagen sitzt jetzt im Knast, und ich bin Bulle.«

Vielleicht, dachte Brieselang, hatte er sich jetzt doch etwas weit vorgewagt. Außerdem hatte er noch andere Fragen.

»Woher können Sie eigentlich Breakdance?«

»Mensch, da kommt Weiß«, sagte Frese, ohne weiter auf Brieselangs Frage einzugehen. Er deutete auf das Hallentor.

Weiß schaute zu, wie einer der Särge verladen wurde. Dann sah er Frese und kam rüber.

»Hallo Weiß«, dröhnte Frese, »was treibt dich an diesen öden Ort? Suchst du nach einem Platz für dein Eigenheim?«

»Bevor ich mir so was leisten kann«, antwortete Weiß, »müsste ich erst mal die Seiten wechseln. Aber wenn ich das hier so sehe«, er deutete auf den Leichenwagen, »wohne ich doch lieber weiterhin zur Miete.«

Brieselang lachte, der Höflichkeit halber.

»Kann ich dich kurz sprechen?« Weiß warf einen Seitenblick auf Brieselang. »Unter vier Augen?«

»Warum?«, fragte Frese. »Du kannst ganz offen vor Brieselang sprechen. Er ist Polizist.«

Weiß versuchte Frese zu überreden und wollte ihn beiseiteziehen, aber Frese machte sich los.

»He, der Junge ist erst ganz kurz bei uns. Ich möchte nicht, dass unser Verhältnis von vornherein durch Heimlichkeiten vergiftet wird. Immerhin verbringe ich mehr Zeit mit ihm als mit meiner Frau.«

Weiß gab nach.

»Hör mal, das darf nicht öffentlich werden.« Er ließ seinen Blick im Kreis schweifen, um zu sehen, ob niemand sonst sie hören konnte.

»Wegen dem, was ich dir jetzt sage, sind wir auch noch nicht hundertprozentig sicher. Aber zuerst 'ne Frage: Die Toten hier gehören doch wohl zur Bande von Greg, oder?«

Frese nickte.

Weiß fuhr fort: »Greg war wahrscheinlich verwickelt in diesen geplatzten Drogendeal.«

»Was?« Frese wurde sauer. »Das erzählst du mir erst jetzt?«

»Reg dich ab!« Weiß schien sich unwohl zu fühlen. »Wir wussten es selbst nicht, haben das erst heute Morgen von einem Informanten erfahren.«

»Natürlich!« Frese schnaubte. »Tun wir mal so, als würde das stimmen. Aber dann deck deine Karten auf. Woher wusstet ihr von dem Deal?«

»Du wirst es nicht glauben! Es war ein anonymer Tipp.«

»Anonym?« An Freses Tonfall war zu erkennen, dass er deutliche Zweifel hegte.

Weiß sah ihm jedoch ganz offen in die Augen, und es war keine verdächtige Regung in seinem Blick.

»Ja, es war ein telefonischer Tipp. Wir konnten ihn nicht zurückverfolgen. Der Mann hat nur den Ort und die Zeit genannt und dass dort ein Deal stattfindet.«

»Und was ging schief?«, fragte Frese, immer noch skeptisch.

»Na ja. Es war ja wie gesagt ein anonymer Tipp. Man weiß doch nie, wie zuverlässig die sind. Wir waren zwar da, aber vielleicht nicht gut genug vorbereitet.«

Frese stöhnte.

»Was hat euch denn gefehlt? Brauchtet ihr noch eine Skizze oder Stammbäume der Beteiligten?«

»Jetzt mach mal Pause!« Weiß wurde nun auch sauer. »Du weißt, was so ein Einsatz kostet und wie viele Spinner bei uns anrufen.«

Weiß verstellte seine Stimme: »Bitte, Hilfe Polizei! Sie müssen sofort kommen. Mein Nachbar ist ein Dealer. Der hat so oft Besuch, und außerdem liest er den Spiegel.«

Frese lenkte ein.

»O.k., dann vielen Dank für dein Kommen.«
Weiß zog ab.

Elf
Die Sphinx und der Kommissar

»Ihr wartet hier«, sagte die Chefin und deutete auf die Bank vor Freses Büro. Tom und André setzten sich, während die Chefin reinging.

»Ah«, rief Frese, »wie schön, dass Sie kommen konnten.« Brieselang stand auf und stellte ihr einen Stuhl zurecht.

»Ich habe Sie hierher bestellt, weil ich ja weiß, dass Sie in Ihrem Laden nicht außerhalb der Geschäftszeiten gestört werden wollen.«

Die Chefin nahm Platz.

»Worum geht es?« Sie tat nicht mal so, als würde sie lächeln.

»Wollen Sie vielleicht einen Kaffee?«, fragte Frese.

Die Chefin verneinte.

»Schreckliches Wetter«, versuchte Frese das Eis zu brechen. »Seit zwei Wochen dieses Geniesel und dann trotzdem so warm. Glauben Sie, die Sonne kommt dieses Jahr noch mal raus?«

»Kommen Sie zur Sache«, blockte die Chefin ab. »Wenn Sie nur Small Talk machen wollen, gehe ich.«

»Nein«, sagte Frese, »keinen Small Talk. Im Gegenteil. Hier geht es um nichts Kleines. Es sei denn, Mord ist eine Lappalie für Sie.«

Die Chefin blieb stumm.

»Haben Sie von den drei Toten in dem alten Speicher gehört?«

Brieselang beobachtete sie genau, aber in ihrem Gesicht regte sich nichts.

»Ja«, antwortete sie, »tragisch. Wer tut so was bloß?«

»Wir vermuten eine Abrechnung unter Gangstern«, sagte Frese. »Die Leute arbeiteten für Greg Zawusch. Haben Sie mit dem zufällig mal Geschäfte gemacht?«

»Greg Zawusch?« Die Stirn der Chefin legte sich in Falten. Sie überlegte und ließ ihre Augen nach oben wandern. »Gehört dem nicht die Spielothek am Rembertiring?«

Frese nickte.

»Ja, doch. So einen Namen merkt man sich natürlich. Ich glaube, ich habe ihm mal 'ne Anlage und einen DVD-Player verkauft.«

»Mehr nicht?«, wunderte sich Frese. »Ich habe gehört, Sie hätten gerade kürzlich ein größeres Geschäft mit ihm durchführen wollen.«

Die Chefin wies das von sich.

»Ein Drogengeschäft«, schob Frese hinterher.

Der Gesichtsausdruck der Chefin verhärtete sich.

»Ich verwahre mich gegen solche Verdächtigungen. Haben Sie irgendetwas, was mich belastet?«

»Wir arbeiten dran«, antwortete Frese. »Und glauben Sie mir, wenn es etwas gibt, werden wir es finden.«

Die Chefin wirkte nicht beunruhigt, und Brieselang konnte das verstehen. Aus den Akten wusste er, dass die Bremer Polizei nun schon länger daran arbeitete, ihr irgendein Verbrechen nachzuweisen.

»Wenn das alles ist«, sagte sie und stand auf, »werde ich jetzt gehen.«

Sie drehte sich zur Tür um.

»Moment noch«, Frese blieb sitzen. »Ich habe noch was. In der Nähe des Tatortes wurde eine schwarze Limousine gesehen, ein BMW. Fahren Sie nicht so einen?«

»Ja«, sagte die Chefin und grinste, »und Tausende andere Bürger dieser Stadt auch.«

»Schickes Auto«, entgegnete Frese. »Kann man sich so was leisten vom Erlös eines Import-Export-Shops? Dachte, da wird nur billiger Schrott verkauft.«

»Es ist natürlich schwerer und schwerer für den Mittelstand geworden«, man hätte meinen können, die Chefin würde eine offizielle Verlautbarung verlesen, »aber insgesamt rechnet es sich doch noch.«

Frese lachte hämisch.

»Sind Sie eigentlich in der Mittelstandsvereinigung?«

Grußlos wandte sich die Chefin wieder zum Gehen.

»Dieser Tote aus dem Park, Oliver...«, Frese wühlte in seinen Papieren, »...dingens. Laut unseren Informationen hat er doch sehr regelmäßig für Sie gearbeitet.«

»Wissen Sie«, antwortete die Chefin, »regelmäßig ist ein sehr schwammiger Begriff.«

»Wussten Sie«, fragte Frese, »dass er hohe Spielschulden hatte? Seine Pokerkumpels sahen sich genötigt, ihm ein Ultimatum zu stellen.«

Das Gesicht der Chefin blieb vollkommen unbeweglich.

Zwölf
Besuch

Axel hatte den Verdacht, dass die Griffe der Plastiktüte in seiner linken Hand gleich abreißen würden. Warum vergaß er immer, ein paar Stoffbeutel in seine Arbeitstasche zu packen? Dann hätte er sie dabei, wenn er auf dem Heimweg von der Arbeit in den Supermarkt ging. Stattdessen endete es jedes Mal wieder damit, dass er an der Kasse stand und überlegte, ob er neue Stoffbeutel kaufen sollte, weil Plastiktüten ja Gift für die Umwelt waren. Aber dann sagte er sich natürlich: »Nein, du hast schon mindestens zwanzig von den Dingern zu Hause, nimm heute noch ein letztes Mal Plastiktüten.« Und beim nächsten Einkauf war es dann genau das Gleiche.

Sein Leben war eine schrecklich ermüdende Endlosschleife aus Arbeiten, Saufen und Keine-Beutel-Dabeihaben.

Wie auch immer: Jetzt stand er dumm da. Er hatte in dem Penny an der Vegesacker Straße eingekauft und musste zu Fuß nach Hause. Und gleich riss das verdammte Plastikteil, das spürte Axel. Aber er war noch ein ganzes Stück von seiner Wohnung entfernt.

An der Ecke zur Rüstringer Straße stellte er die Tüten vorsichtig ab und sah hinein. Vielleicht ging es, wenn er die Ananas- und Bohnendosen in die Gemüsetüte packte und die Cola rüber zum Bier.

Das Dauernieselfeuer hatte für eine Weile pausiert. Aber wegen der Hitze klebte ihm sein T-Shirt am Körper. Irgendwo hinter der dichten Wolkendecke musste wohl die Sonne sein. Er wünschte, sie würde entweder richtig rauskommen oder ganz abhauen.

Die Beutel fühlten sich dank der Umverteilung besser an, und Axel ging weiter. Genau in dem Moment, als er in seine Straße einbog, die Lange Reihe, rissen die Griffe doch noch. Die Hälfte der Sachen kullerte heraus, und das Marmeladenglas zerbrach. Es war direkt vor dem Tabakwarenladen passiert. Axel packte alles, bis auf die Marmelade, zurück in die zerrissene Tüte. Dabei musste er sich ein paar wenig hilfreiche und wahrscheinlich auch nicht hilfreich gemeinte Sprüche von den Kunden des Tabakwarenladens anhören. Er nahm die Tüte vorsichtig unter den Arm. Die Marmelade ließ er liegen. Mit der anderen Hand musste er nun nicht nur zwei Beutel, sondern auch noch seine Tasche tragen. Warum war er überhaupt hier und nicht mit Ralph und Ilka in Thailand? Es war verdammt unfair von seinem Chef gewesen, ihm diesen Urlaub nicht zu genehmigen.

Fast wäre er über Pig gestolpert. Der saß auf der kleinen Mauer vor Axels Haus. Er hatte ihn gar nicht gesehen, weil er so in Gedanken war. Erst als Pig lustigerweise die Beine ausstreckte, genau in dem Moment, als Axel an ihm vorbeigehen wollte, nahm er ihn wahr und musste abrupt abbremsen. Dabei wäre ihm beinahe die zerrissene Tüte heruntergefallen.

»Hallo«, sagte Pig, »du hast eingekauft! Gibt es was zu essen?«

»Für dich höchstens einen Tritt in den Arsch.« Axel war nicht nach Späßen zumute. Außerdem versperrten Pigs Beine ihm den Weg.

Erst auf den zweiten Blick fiel ihm auf, dass etwas an Pig anders war als sonst. Pig trug Anzug und Krawatte.

»Wie siehst du denn aus! Ist das nicht warm? Bist du maso?«

»Nein, sado«, antwortete Pig. »Ich will, dass du dich schlecht fühlst, weil ich die Hitze besser wegstecke.«

Axel zog es vor, diesen Scherz nicht zu kommentieren. Er warf Pig einen Blick zu, der dem Clint Eastwoods glich, unmittelbar bevor er zuschlug. Das würde Pig hoffentlich eine Warnung sein, vorsichtiger mit seinen Bemerkungen umzugehen.

»Nee«, sagte Pig hastig, »ich hatte heute 'ne Prüfung. Lief ganz gut. Dachte, wir feiern.« Er zog eine Flasche Sekt hinter dem Rücken hervor.

Nach kurzem Zögern meinte Axel: »O.k., wenn du mir das hier abnimmst.«

Er deutete auf die zerrissene Plastiktüte.

»Aber Vorsicht. Die Henkel sind ab.«

Axel nahm Pig den Witz immer noch etwas übel. Deshalb sah er mit leichter Schadenfreude, wie Pig sich Marmelade ans Sakko schmierte.

Auf der Treppe begegnete ihnen Axels Nachbar Chris. Seine Frisur und seine Gestik waren eindeutig. Auch ohne den »Ich-steh-auf-Cowboys«-Sticker an seinem Rucksack konnte man leicht erraten, was er mochte.

Eigentlich war Axel immer ganz gut mit Chris klargekommen, aber seit der Park-Geschichte fühlte er sich ihm gegenüber etwas gehemmt.

»Hallo«, rief Chris, »lange nicht mehr gesehen. Ach, und Pig ist auch dabei. Mensch, wie siehst du denn aus! Haste was vor?«

Axel wollte so schnell wie möglich vorbei, aber Pig blieb stehen.

»Schon erledigt. Hatte heute Prüfung.«

»Ach so«, sagte Chris, »und wie lief's?«

»1,7«, prahlte Pig. »Und wie sieht's bei dir aus? Alles senkrecht?«

»Hundertpro«, grinste Chris, »muss nur viel arbeiten. Du weißt ja, das Geld.«

»Ja klar«, antwortete Pig, »da müssen wir doch alle durch.«

»Eben.« Chris sah auf die Uhr. »Huch, ich bin spät dran. Tschüss.«

Pig schlug ihm auf die Schulter. »Mach's gut, Alter. Tschau.«

»Tschau«, rief auch Axel und ging weiter. In seiner Wohnung angekommen, stellte er die Einkäufe erst mal nur zur Seite und setzte sich hin. Verdammte Hitze.

Pig zog das Sakko aus und suchte nach Sektgläsern.

»Ich glaube«, stöhnte Axel, »ich brauche erst mal ein Glas Wasser und was zu essen.«

Pig knibbelte gerade an dem Verschluss der Sektflasche rum. Er sah auf und fragte: »Was gibt's denn?«

»Eigentlich Pfannkuchen mit Erdbeermarmelade.« Axel wühlte in den Tüten. »Aber ich habe die Marmelade unterwegs verloren. Wie wäre es mit Spaghetti mit Tomatensoße? Dafür hab ich alles da.«

»Einverstanden.« Pig stellte die Flasche wieder hin und Axel stand auf und ging in die Küche. Alles war schmutzig. Er fing an, einen Topf abzuspülen.

»Sag mal«, meinte er und trat noch mal in die Tür zum Wohnzimmer, Pig hatte es sich im Sessel bequem gemacht, »irgendwie ist mir das nicht ganz klar. Chris gegenüber bist du doch ganz normal.«

»Warum nicht?« Pig guckte erstaunt.

»Na, der ist doch schwul!«

Verständnislos hob Pig die Augenbrauen.

»Na ja, ich dachte, du magst die nicht.«

»Klar«, antwortete Pig, »die sind doch auch pervers. Aber mein Gott, muss ich ihn ja nicht merken lassen.«

Jetzt hob Axel die Augenbrauen und wirkte erstaunt.

»Was bringt es mir denn, wenn ich's offen sage? Ist doch auch nicht höflich. Klar ist er 'ne Schwuchtel, aber eigentlich trotzdem ganz o.k.«

»Und wenn du ihn abends im Park triffst? Haust du ihm dann eine in die Fresse?«

»Nein«, sagte Pig und hob abwehrend die Hände, »nein, auf keinen Fall«. Sehr energisch schüttelte er den Kopf. »Der würde mich doch sofort erkennen und anzeigen.«

»Hm«, machte Axel und ging wieder zur Spüle, um den Topf abzutrocknen.

Dreizehn
Geschäftliche Meinungsverschiedenheiten

Noch bevor die Chefin zur Tür rein war, hörte sie die hohe quengelnde Stimme. An der Ladentheke stand ein blondiertes Mädchen, knapp zwanzig Jahre alt. Sie trug einen sackartigen Rock, ein Spaghettiträger-Top und Sneakers. Auf dem Verkaufstresen zwischen ihr und Volkan lag ein Bild mit einem sehr kitschigen Rahmen, auf dem zwei Tauben dargestellt waren, die eine saß auf dem Ziffernblatt einer Uhr.

»Hier«, sagte das Mädchen und drehte das Bild um. Sie zog die Batterie aus dem Uhrwerk auf der Rückseite und hielt sie hoch.

»Ich habe extra eine neue reingetan, aber die Uhr läuft nicht mehr. Dabei habe ich sie erst vor einer Woche gekauft.«

»Aber«, sagte Volkan, und es klang, als hätte er das schon ein paar Mal gesagt, »Sie haben keine Quittung.«

»Ich habe keine bekommen«, rief das Mädchen mit Verzweiflung in der Stimme, und auch hier klang es, als würde sie das nicht zum ersten Mal sagen. »Aber Sie können doch nicht abstreiten, dass die Uhr von hier ist.« Das Mädchen zeigte auf das Regal direkt hinter Volkan. »Da ist doch noch ein ganzer Stapel davon.«

Volkan mauerte.

»Weiß ich, ob's die nicht noch woanders gibt?«

Offenbar war es eine Pattsituation und keiner der beiden wollte nachgeben. Jemand musste sie erlösen. Die Chefin gab Tom und André ein Zeichen, einen Moment zu warten.

»Worum geht's?«, fragte sie.

»Sie hat keine Quittung«, sagte Volkan.

»Er will mir die Uhr nicht umtauschen«, antwortete sie.

Die Chefin sah das Mädchen an. Es sah nicht so aus, als ob es schon viele wirkliche Probleme gehabt hätte. Wahrscheinlich war sie gerade dabei, ihre erste Wohnung einzurichten, und fand, die Uhr sei dabei ein originelles Highlight für die Küche. Wehmut ergriff die Chefin. So jung war sie auch mal gewesen, auch wenn Sneakers damals noch Turnschuhe hießen. Und man trug sie auch nicht zum Rock.

»Wollen Sie das Geld zurück oder eine neue Uhr?«

Ohne zu zögern entgegnete das Mädchen, sie wolle eine neue Uhr.

Mit einem Kopfnicken gab die Chefin Volkan zu verstehen, dass sie einverstanden war. Volkan rückte eine neue Uhr raus, und das Mädchen zog zufrieden damit ab. Wahrscheinlich würde sie bald wieder da sein. Diese Dinger waren doch alle Plunder.

Im Büro angekommen, stellte die Chefin fest, dass die Hitze dort unerträglich war. André schaltete den Ventilator an. Dann setzte er sich hin, zog ein Flash-Comic aus der Tasche und fing an zu lesen.

»Hey«, sagte die Chefin, »neue Lektüre.«

André sah kurz auf und lächelte.

»Ja«, antwortete Tom statt seiner, »mit Silberpfeil ist er durch.«

Nachdenklich fing die Chefin an, in den Papieren auf ihrem Schreibtisch zu kramen.

»Also die Sache mit Gregs Leuten ist schon sehr dumm gelaufen. Das könnte Ärger geben.«

Tom und André vermieden es, in ihre Richtung zu schauen.

»Aber wenigstens scheinen die Bullen keine Beweise zu haben, auch wenn sie dies und das vermuten.«

Vorsichtig beobachteten Tom und André die Chefin aus den Augenwinkeln.

»Was aber ganz interessant war«, fuhr sie fort, »ist, dass Oliver Spielschulden hatte. Wusstet ihr das?«

André schüttelte den Kopf. Auch Tom verneinte zunächst. »Obwohl«, sagte er dann, »dass er spielte, wusste ich schon. Aber nichts von Schulden.«

Die Chefin lehnte sich zurück. Sie schien zu überlegen.

»Ich glaube, da sollten wir mal nachforschen. Kennt ihr welche von seinen Spielkameraden?«

Tom nickte, und die Chefin trug ihm und André auf, die Spielkameraden unauffällig zu befragen.

Die beiden standen auf und schickten sich an zu gehen.

»Aber nur befragen, versteht ihr?«, sagte die Chefin mit Nachdruck. »Mehr nicht.«

Als die Chefin allein war, saß sie eine Weile regungslos da. Schließlich erhob sie sich und ging zu einem Bild an der gegenüberliegenden Wand. Das Bild ließ sich zur Seite klappen, dahinter befand sich ein Safe. Die Chefin öffnete ihn. Der Safe hatte zwei Fächer, in dem einen lagen ein paar Schmucketuis, in dem anderen drei Stapel mit Geldscheinbündeln. Sie zählte das Geld. Mit einem leisen Fluch schmiss sie es wieder rein und warf die Safetür zu.

»Wo, verdammt, ist meine Million?«

Sie ging nach vorne in den Laden. Volkan langweilte sich hinter der Theke, auf der noch immer die kaputte Uhr lag. Bernd putzte die Scheibe.

»Wahnsinn«, Volkan applaudierte, »die sieht ja aus wie neu.«

Sinnend schaute die Chefin zum Fenster. Ein Mann parkte gerade seinen Wagen direkt vor dem Laden und stieg aus. Der Wagen stand halb auf dem Gehweg und ziemlich dicht am Haus. Konnte heutzutage niemand mehr richtig einparken? Die Chefin überlegte schon, ob sie rausgehen solle und dem Kerl sagen, dass so zu wenig Platz für die Fußgänger blieb. Was, wenn jemand mit einem Kinderwagen vorbeikam? Aber der Mann ging einfach weg. Er war schon ein ganzes Stück entfernt, als er sich kurz umdrehte und der Chefin sein Gesicht zuwandte.

»Ist das nicht Klaus, einer von Gregs Leuten?«, fragte sie.

Bevor Bernd und Volkan auch nur reagieren konnten, rollte bereits das Donnern der Explosion durch den Laden. Und während die Chefin sich durch die noch geöffnete Tür ins Büro warf, sah sie, wie die ganze Vorderseite des Ladens pulverisiert wurde. Glasscherben und Gesteinsbrocken flogen an ihr vorbei. Sie hörte Volkan schreien. Schon auf dem Boden liegend, merkte die Chefin, wie die Druckwelle über sie hinwegfegte. Regale fielen krachend um, und ein polterndes Geräusch wie von einer einstürzenden Mauer war zu hören. Etwas schlug direkt neben ihrem Kopf auf dem Boden auf.

Im Chaos wurde ihr kurz schwarz vor Augen und sie befürchtete, bewusstlos zu werden. Aber dann wurde es langsam ruhiger.

Die Chefin war durch den Knall beinahe taub. Doch schließlich begann sie wieder ganz entfernt Verkehrslärm wahrzunehmen. Etwas näher klackte etwas. Ein sehr regelmäßiges Geräusch. Woran erinnerte sie das nur? Die Chefin öffnete die Augen. Direkt neben ihr lag die kaputte Taubenuhr. Der Rahmen war zerschmettert und einer Taube hatte es den Kopf abgerissen. Aber das Uhrwerk ging wieder.

Vierzehn
Routine

Frese war außer sich. Er schmiss seinen Notizblock gegen die Wand, rannte im Zimmer auf und ab und brüllte: »Es ist eine Unverschämtheit. Ich komme da an…«, er trat so heftig gegen den Papierkorb, dass der Müll sich im Zimmer verteilte, »und dann sitzt die Frau da, völlig unverletzt, wird von der Feuerwehr umsorgt, trinkt Kaffee und spielt die Ahnungslose.«

Frese blieb stehen, klapperte mit den Augendeckeln und sagte: »Nein, Herr Kommissar, ich habe nichts gesehen, weiß auch nicht, wer das gewesen sein könnte. Aber anstatt mich hier in die Mangel zu nehmen, sollten Sie vielleicht die Täter suchen.«

Er setzte sich hinter seinen Schreibtisch.

»Blöde Kuh.«

Verständnislos war Brieselang dem Wutausbruch seines Chefs gefolgt.

»Verstehe nicht, warum Sie das so aufregt. Kann doch sein, dass sie wirklich nichts weiß.«

Wieder sprang Frese auf und brüllte noch lauter als vorher: »Warum ich mich aufrege? Diese Penner führen in meinem Revier Krieg und verarschen uns! So was will ich hier nicht sehen, die sollen das woanders austragen.« Frese fuchtelte mit seinen Armen herum, als hätte er eine schwere Nervenerkrankung.

»Außerdem weiß sie genauso gut wie ich, dass das Greg Zawusch war. Das ist die Rache für seine Leute.«

Einerseits hatte Brieselang das Gefühl, es sei besser zu schweigen, denn so konnte Frese sich erst mal beruhigen. Andererseits wollte er verstehen können, was vorging. Deshalb fragte er so zahm wie möglich: »Wieso sollte er sie für die Verantwortliche halten? Es gibt doch keine Beweise.«

Frese riss das Fenster auf, steckte den Kopf raus und schrie: »Beweise?! Kommt her und seht ihn euch an! Der Herr will Beweise.« Ein paar Passanten guckten etwas verdutzt. Er schloss das Fenster wieder und drehte sich zu Brieselang um.

»Greg braucht keine Beweise. Er weiß, was los ist.«

Finster starrte Frese vor sich hin. Es verging eine ganze Weile, bis Brieselang sich wieder traute, etwas zu sagen.

»Also«, er räusperte sich, »Sie glauben, dass das der Beginn eines Bandenkrieges ist?«

Zunächst reagierte Frese gar nicht. Dann schüttelte er den Kopf ganz leicht, so als sei er ein bisschen benebelt. Er fixierte Brieselang. Endlich wandte er den Blick wieder ab, ging zum Schrank und schob einen etwas vorstehenden Aktenordner wieder zurecht. Frese nahm den Poststapel aus dem Eingangskorb hoch. Er wog ihn in der Hand, als wolle er sein Gewicht schätzen. Ein größerer brauner Brief schien kurz sein Interesse geweckt zu haben, aber dann ließ er den ganzen Packen zurück in den Korb fallen.

Gemächlich schlenderte er zu seinem Schreibtisch, setzte sich hin und legte die Hände vor sich auf die Platte.

»Nein, es wird keinen Krieg geben.«

Das verwirrte Brieselang.

»Falls wir Greg nicht bald auftreiben, und bisher haben wir keinen Hinweis auf seinen Aufenthaltsort, werden wir nur noch seine Leiche finden.«

Brieselang wollte etwas sagen, aber Frese winkte ab.

»Der Idiot hat einen Riesenfehler gemacht. Er hat keine Chance. Simsons Leute werden ihn und seine Jungs finden und erledigen.«

»Und was können wir machen?«

»Nichts. Seit fast zwanzig Jahren versuchen wir, ihr was nachzuweisen. Sie haben die Simson doch gesehen. Als ich sagte, dass wir sie wegen dieser Sache drankriegen würden, da hatte sie keine Angst.«

Fünfzehn
Schlagzeilen

In höchster Aufregung versuchten die Medien sich gegenseitig zu überbieten. Die Schlagzeilen lauteten: »Grausame Hinrichtung! Vier weitere Tote.« »Gangsterkrieg in Bremen!« und »Schlimmer als die Russenmafia!«

Überregionale Zeitungen schickten Reporter, täglich war die Stadt landesweit im Fernsehen. Überrascht erfuhren die Menschen in Bayern und Brandenburg, dass der Ort, von dem viele bisher nur wussten, dass er eine gute Fußballmannschaft hatte, regelmäßig unter den zehn Städten mit der höchsten Kriminalitätsrate Deutschlands zu finden war.

Fernsehteams grasten die Stadt ab. Sie zeigten kleine, überwiegend dreistöckige Häuser an breiten Straßen. Rentner und Hausfrauen schauten erschreckt in die Kameras. Ja, sagten sie, sie seien entsetzt und hätten Angst um ihre Sicherheit. Nach 19 Uhr trauten sie sich kaum noch aus dem Haus.

Eine durch ein polizeiliches Siegel geschützte Spielothek war zu sehen. Sie gehörte einem der Opfer. Hier wurden er und drei seiner Helfer erschossen. Dann ein Import-Export-Shop. Die stark beschädigte Fassade war nur notdürftig mit Balken und Brettern repariert. Hier explodierte eine Bombe, zwei »Angestellte« starben. Ein Mann verwehrte dem Kamerateam höflich, aber unerbittlich den Zugang zum Laden. Nein, die Besitzerin sei nicht zu sprechen.

Blick auf den Bahnhof, vor dem einige elende Gestalten rumhingen. Hier trafen sich Fixer. Alle Versuche, das zu unterbinden, waren gescheitert.

Eine Horde Jungs zwischen vierzehn und siebzehn Jahren grinste in die Kamera. Freudig erregt geben sie in der speziellen bremischen, etwas breiteren Variante des norddeutschen Zungenschlages Auskunft. Geruhsam aussehende Stadt? Kann ja sein, aber total gefährlich. Abends käme man hier mit dem Messer nicht mehr durch. Da brauchte man schon ’ne Knarre. Bilder von den Klotzsiedlungen in Tenever, Kattenturm und der Neuen Vahr kamen ins Bild. Andere Jugendliche saßen hier auf Bänken und Treppenstufen. Sie sahen gefährlich aus. Soziale Probleme wurden vom Reporter beschworen. Zwar kam keines der Mordopfer aus einem dieser Stadtteile, aber Wohnsilos machten sich in solchen Berichten immer gut.

Weniger ergiebig waren die Pressekonferenzen der Polizei. Das norddeutsche Naturell des leitenden Ermittlers machte es den Reportern schwer.

»Herr Kommissar Frese, haben Sie Anhaltspunkte?«

»Ja, aber beim derzeitigen Stand der Ermittlungen können wir nicht darüber sprechen.«

»Besteht ein Zusammenhang zwischen den Morden?«

»Kann sein.«

»Wird es weitere Morde geben?«

»Darauf zu antworten, wäre reine Spekulation.«

Haase saß vor dem Fernseher. Er ging nur noch ungern nach draußen, eigentlich nur noch zur Arbeit. Wenn möglich, blieb er zu Hause. Er hatte eine Idee, was es mit den Morden auf sich hatte. Aber die Idee gefiel ihm nicht. Er las alle Zeitungen, die er kriegen konnte. Aber was die schrieben, gefiel ihm auch nicht.

Zu Beginn beschäftigten sich die Medien vor allem mit den neusten Morden. Aber dann kamen sie zunehmend auch auf die älteren. So zum Beispiel auf den Toten im Bürgerpark. Theorien wurden entwickelt, Verbindungen hergestellt. Wieder und wieder zeigte man Bilder der Opfer. Dieser Mann starb durch einen Schuss in den Rücken, jener durch eine Kugel in den Kopf. Seine Hände waren mit Draht gefesselt.

Schließlich wurde es Haase zu viel. Er schaltete den Fernseher aus und versuchte, Axel anzurufen. In seiner Wohnung nahm niemand ab, auf der Arbeit war er aber auch nicht mehr.

Was sollte er jetzt machen? Pig anrufen? Nein, der würde sich nur über ihn lustig machen. Besser, er versuchte es später noch mal bei Axel. So lange konnte er noch warten.

Automatisch griffen Haases Hände wieder nach einer der Zeitungen. Aber er schaffte es nicht, um den Aufmacher herum zu lesen. Immer wieder kehrten seine Augen zu der Schlagzeile zurück: »Mordserie: Wird es weitere Opfer geben?«

Haase stellte sich ans Fenster. An diesem Tag regnete es trotz dichter Wolkendecke nicht. Es war immer noch heiß. Wie sollte man da vernünftig nachdenken? Er wohnte Grasberger Straße. Wenn er ein bisschen zur Seite schaute, konnte er die Schule an der Ecke Pastorenweg sehen. Da saßen ein paar Jungs von vielleicht sechzehn oder siebzehn Jahren und schlugen die Zeit tot. Hasse hatte sie da schon oft bemerkt. Die alte Frau Siekmann aus dem ersten Stock hatte Haase anvertraut, dass das ihrer Meinung nach Dealer seien. Haase war es eigentlich egal.

Ob die wohl auch zur Mafia gehörten? Ach Quatsch, das waren Kinder. Die Alte hatte doch sowieso eine Schraube locker. Ihr Nachbar beschwerte sich regelmäßig über ihren Lärm. Die ganze Nacht putzte und desinfizierte sie ihre Wohnung. Sie war nämlich der Meinung, die Gifte aus der Luft würden sich überall absetzen.

Einer der Jungs schaute rüber. Ein kräftiger Blonder mit haufenweise Metall im Gesicht. Er wendete den Blick nicht wieder ab. Haase hatte das Gefühl, dass der

Kerl ihn genau beobachtete. Vorsichtig machte Haase zwei Schritte vom Fenster weg. Jetzt war er von draußen bestimmt nicht mehr zu sehen, konnte aber selbst noch rausschauen. Der Blonde sah noch eine Weile in seine Richtung. Dann drehte er den Kopf weg und sagte etwas zu einem Dunkelhaarigen, der neben ihm stand. Die beiden lachten.

Haase ging wieder näher ans Fenster und ließ die Jalousien runter. Wenn er die Lamellen schrägstellte, konnte er rausschauen, ohne selbst gesehen zu werden.

Jetzt guckte der Blonde schon wieder. Scheinbar nebenbei streifte sein Blick über die Fassade. Kaum hatte er sich abgewandt, schweiften die Augen des Dunkelhaarigen rüber.

In Haase stieg Panik auf. Die Mafia beobachtete ihn, sie wusste alles. Vielleicht waren die Killer schon auf dem Weg. Gleich würde es klingeln, und dann war es vorbei mit ihm.

Die beiden sahen schon wieder her. Obwohl Haase sich sicher war, dass sie ihn wegen der Jalousien nicht sehen konnten, trat er vom Fenster zurück und presste sich an die Wand neben dem Fenster.

Haase rief noch mal bei Axel an. Er ging nicht ran.

Ganz ruhig, sagte er sich. Du fängst an durchzudrehen. Woher sollten die Bescheid wissen?

Aber was, wenn doch?

Er musste raus, weg von hier. Wenn er durch die Hintertür ging und dann die Werschenreger Straße nahm, blieb er vielleicht unbemerkt. Dann konnte er zu Axel, schauen, ob sie dort auch waren. Aber vielleicht stand dort auch ein Posten? Er musste schlau sein und sie irgendwie überlisten. Sein Blick viel auf den alten Krückstock, den er von seinem Opa geerbt hatte, und da kam ihm die Idee. Haase band sich einen falschen Vollbart um, den er mal bei einer Schultheateraufführung getragen hatte, nahm den hässlichen Regenmantel, den er von seiner Tante bekommen hatte, und den Stock.

Er ging zur Tür und sah durch den Spion. Das Treppenhaus war leer. Vorsichtig öffnete Haase die Tür ein wenig und lauschte. Er hörte nur die gedämpften Geräusche des weit entfernten Verkehrs.

Auf Zehenspitzen ging Haase hinaus und schloss leise die Tür hinter sich. Hoffentlich konnte er sie täuschen.

Nichts Ungewöhnliches widerfuhr ihm im Treppenhaus. Wahrscheinlich dachten sie, sie hätten ihn sicher. Schnell huschte er an der Haustür vorbei. Dabei erhaschte er durch die Scheibe einen kurzen Blick auf die Kerle an der Ecke. Sie lachten schon wieder und schauten gerade woanders hin. Da war schon die Hintertür. Der Garten lag friedlich und verloren da. Er ging den Weg runter, sah sich um nach Leuten, die ihn beobachteten. Aber da war nur Frau Müller, die ihren Müll wegbrachte. Haase folgte ihr. Er ging an den Mülltonnen vorbei und schaute vorsichtig in die Werschenreger Straße. Sie war völlig ausgestorben. Jemand rief etwas. War das ein Nachbar, der guten Tag sagen wollte, oder war hier hinten doch jemand, der das Haus beobachtete? Er hatte nicht die Zeit, es rauszufinden. Schnell rannte Haase los. Dabei stieß er mit dem Fuß gegen einen Vorsprung. Stechender Schmerz breitete sich in seinem Bein aus. Verdammt. Aber Haase lief weiter. Aus der Werschenreger raus, links in den Pastorenweg rein und die Straße runter. An deren Ende angekommen, überlegte er, ob er über den Friedhof gehen sollte. Da war zwar weniger los als auf der Straße, aber was, wenn sie ihn dort kriegten? Lieber in die Altenescher Straße rein und dann über die Waller Heerstraße. Erst hinter der Eisbahn blieb er im Schutz von ein paar Bäumen schwer atmend stehen.

Vorsichtig schaute er an diesen vorbei, um zu überprüfen, ob ihm jemand folgte. Es waren eine ganze Menge Leute zu sehen, aber keiner von denen schien sich für ihn zu interessieren. Nur ein alter Mann mit Krücken und Hund sah ihn komisch an. Vielleicht wegen seiner Verkleidung. Jedenfalls gehörte der Opa bestimmt nicht zur Mafia.

Langsam ging Haase weiter, wobei er immer alles vor und hinter sich genau im Blick behielt. Endlich kam er in der Langen Reihe an. Axels Haus lag nahe der Ecke zum Achelisweg. Es war ein relativ gut gepflegter Altbau mit drei Etagen. Konnte man da vielleicht auch von hinten reinkommen? Haase wusste es nicht und war zu nervös für Erkundungstouren. Er würde sich ganz vorsichtig annähern. Als er in Sichtweite des Hauses war, blieb er erst einmal stehen und tat so, als würde er die Schilder an der Schule betrachten. Viel gab es da allerdings nicht zu sehen, die Texte waren kurz. Die Straße war nicht sehr belebt und deshalb gut überschaubar. Ein kleines Mädchen spielte mit ihrem noch kleineren Bruder auf dem Bürgersteig Fußball. Ein Auto hielt, eine Frau mit zwei Einkaufstaschen und einer riesigen Wassermelone stieg aus. Sie verschwand in einem Haus, aber nicht in dem, wo Axel wohnte.

Sorgfältig überprüfte Haase aus den Augenwinkeln die anderen Autos. Alle leer. Er ging weiter, blieb aber sicherheitshalber auf der anderen Straßenseite. Nichts Verdächtiges war zu sehen, als er langsam an Axels Haus vorbeischlenderte.

Die Eingangstür war teilweise verglast. Haase versuchte, durch die Scheiben ins Treppenhaus zu schauen. Er scheiterte aber an der Undurchsichtigkeit des Milchglases.

Er tat so, als würde er sich die Waller Kirche anschauen, sah aber in Wirklichkeit in alle Richtungen, nur nicht auf die Kirche.

Unschlüssig blieb Haase stehen und ließ seinen Blick über die Fenster der Häuser schweifen. Dann überquerte er die Straße und ging auf der anderen Seite zurück. Als er an den Kindern vorbeikam, musste er dem Ball ausweichen. Abgesehen davon, erreichte er Axels Haus ohne Zwischenfälle. Haase bog in den Weg zum Eingang ein. Direkt vor der Haustür sah er sich ein letztes Mal um. Straßauf und straßab war alles ruhig. Vielleicht war er ja doch paranoid. Haase klingelte, nichts passierte. Er überlegte, ob er sich auf das Vorgartenmäuerchen setzen sollte. Aber das war ihm zu nah an der Straße. Also nahm er auf der Stufe des Hauseingangs Platz. Die Kinder saßen inzwischen auf einem Stromkasten und hatten den Ball achtlos auf dem Gehweg liegen lassen.

Wahrscheinlich, dachte Haase, ist es zu heiß zum

Fußballspielen, und zog ein Taschentuch raus, um sich die Stirn abzutrocknen.

Aus der Ferne hörte er das Tuten eines Schiffshorns. Oder war es nur die Hupe eines Lasters? Er dachte daran, dass er als Kind hatte Kapitän werden wollen, so wie sein Opa. Es war toll gewesen, wenn dieser von seinen Reisen zurückkam und ihm exotische Geschenke mitbrachte. Die Geschichten, die sein Opa erzählte, waren auch toll gewesen, über fremde Länder und die Menschen, die dort lebten. Aber Haase hatte immer ein bisschen Angst gehabt, wenn er die Stürme schilderte, die er auf See erlebt hatte, und zweimal war sein Schiff auch von Piraten geentert worden. Kurz bevor sich Opa eigentlich zur Ruhe setzen wollte, wurde das Schiff ausgeflaggt und in irgendeinem kleinen Land angemeldet, wo die Steuern niedriger waren. Haases Opa hatte plötzlich eine Mannschaft aus lauter sehr schlecht bezahlten Matrosen aus einem Dritte-Welt-Land, die zwar arbeitsam waren, aber kaum Englisch sprachen. Danach erzählte Opa nur noch selten tolle Geschichten, sondern beschwerte sich vor allem. Und Haase beschloss, dass die Seefahrt ihm zu unsicher war, in jeder Beziehung, und gab den Wunsch, zur See zu fahren, auf. Stattdessen besorgte ihm ein Freund seiner Mutter eine Lehrstelle bei der Bank, wo er arbeitete. Haase dachte, da ist der Job sicher, und es gibt gut Kohle. Er wusste ja nicht, wie stürmisch es auch an Land werden konnte. Haase fluchte leise.

Da sah er das Auto. Woher kam das plötzlich? Es war schon fast vor ihm, obwohl er es weder kommen gesehen noch gehört hatte. Zwei fies aussehende schnauzbärtige Typen mit langen zurückgekämmten Haaren und Sonnenbrillen saßen in diesem riesigen amerikanischen Sportwagen mit getönten Scheiben und dunkler Metalliclackierung. Langsam fuhr die Karre vorbei, und die beiden Typen schauten ihn an. Haase blieb regungslos sitzen, das Taschentuch in der erhobenen Hand. Der Schweiß lief ihm über die Wangen und tropfte auf sein T-Shirt. Seine Lunge versagte beinahe den Dienst. Er verharrte so, während der Wagen sich entfernte und am Ende der Straße nach rechts abbog.

In Haases Ohren rauschte es. Äußerlich war er erstarrt, aber in seinem Inneren tobte es. Wild schrien Stimmen durcheinander: »Spring auf, renn weg. Die Straße runter und dann rechts.«, »Quatsch! Du musst links.«, »Nein, am besten direkt hier ums Haus rum und dann durch den Garten.«

Immer wieder sah er die Gesichter der beiden Kerle vor sich. Dieser kalte Blick!

Völlig weggetreten, bekam er überhaupt nicht mehr mit, was um ihn herum vorging.

Sechzehn
Grab aus Beton

Pig war erstaunt, Haase vor Axels Haustür vorzufinden. Vor allem, weil er einen Bart und einen alten Krückstock trug. Er grüßte, aber Haase reagierte nicht. Mit weit aufgerissenen Augen starrte er ins Leere.

»Hallo Haase«, Pig legte ihm die Hand auf die

Schulter. Haase schrie auf und sah ihn voller Panik an. Er japste wie ein Ertrinkender.

»Haase, beruhige dich! Ich bin's, Pig!«

Haases Atem schien sich wieder ein bisschen zu normalisieren.

»Der Wagen«, stammelte er. »Das waren sie. Sie haben uns. Müssen abhauen. Wir…«, er versuchte aufzustehen, aber seine Beine trugen ihn nicht, »müssen weg.«

Offensichtlich war er verrückt geworden. Pig überlegte, was er tun sollte.

»Langsam«, versuchte er ihn zu beruhigen. »Erzähl erst mal. Was ist los?«

»Nein«, keuchte Haase und kam doch noch auf die Füße, »wir müssen hier weg.«

Haase ging Richtung Emder Straße und legte ein Tempo vor, dass Pig ihm kaum folgen konnte.

»Wohin gehen wir?«

Haase fuhr herum.

»Pst!«, gehetzt sah er sich nach allen Seiten um. »Sie sind überall.«

Bevor Pig fragen konnte, wer denn »sie« überhaupt seien, rannte Haase schon um die nächste Ecke. Dann bog er wieder ab und dann noch mal und schließlich verlor Pig die Orientierung. Irgendwann erreichten sie einen groben Klotz von Betonbunker. Haase bog in die Einfahrt neben dem Bunker ein und kletterte über den Zaun zum Garten des Gebäudes. Pig folgte ihm etwas zu schwungvoll. Direkt hinter dem Zaun war ein Gebüsch, und Pig hätte sich beinahe an einem vorstehenden Ast ein Auge ausgestochen. Der Garten war völlig verwildert und überwuchert. Pig folgte Haase durch die Büsche zur Hintertür des Bunkers. Es handelte sich um eine stabil aussehende Stahltür, die verschlossen war. Doch Haase zog an einer bestimmten Stelle ganz weit unten, und sie sprang auf. Haase schlüpfte hinein.

Pigs Hose blieb an einem Busch hängen. Vorsichtig fädelte er sie aus. Die war fast neu. Pig folgte Haase und sah sich um. Die Räume waren leer und die weißgetünchten Wände meterdick. Es gab Beschriftungen, die anzeigten, wie viele Leute in den Bunker und in die jeweiligen Räume durften und wo man langgehen sollte. Die Räume strahlten, obwohl sie offensichtlich gut gepflegt waren, etwas Unheimliches aus.

»Wow«, sagt Pig, »das ist echt cool hier. Stell dir vor, du könntest so was mieten und drin wohnen.«

Völlig fasziniert von diesem Ort, hatte Pig Haase fast vergessen. Haase zog ihn an der Jacke.

»Ich glaube, sie sind hinter uns her.«

In seinen Augen loderte immer noch die Panik.

»Wer ist hinter uns her?«, fragte Pig, aber Haase schien ihn nicht zu hören.

»Da sind diese Typen vor meinem Haus. Die haben mich beobachtet.«

»Was für Typen?« Pig blieb hartnäckig.

»Sie sitzen an der Ecke. Das sind Dealer. Gehören bestimmt zur Mafia!«

»Wie, die Jungs da vor der Schule?« Pigs Stimme war das Erstaunen anzuhören. »Aber die sitzen doch immer da.«

»Ja, aber jetzt beobachten sie mich.«

Prüfend sah Pig Haase an. Er war wohl wirklich durchgedreht.

»Nun mach aber mal halblang. Wie kommst du denn auf so was?«

»Sie haben rübergesehen«, antwortete Haase. Pig war nicht überzeugt.

»Immer wieder, verstehst du? Ich stand am Fenster und hab's gesehen.«

Pig atmete tief ein und stieß die Luft pfeifend aus. Er nahm Haase am Arm.

»Klar gucken die rüber. Dachten wahrscheinlich, du beobachtest sie.«

»Nein, nein«, Haase zitterte richtig. »Ich wusste, dass du mir nicht glauben würdest. Aber als ich vor Axels Haus gesessen habe, da kam so ein amerikanischer Sportwagen mit getönten Scheiben vorbei. So 'ne Gangsterkarre.«

Seine Stimme überschlug sich fast.

»Da saßen zwei fiese Kerle drin. Wenn du dabei gewesen wärst, würdest du keine Witze machen. Wie die mich angesehen haben. Die wissen alles.«

Sein Blick bekam etwas Gehetztes und seine Augen wanderten ständig nach rechts und links. Er schien zu erwarten, dass die Männer gleich aus dem Gebüsch im Garten kommen würden.

»Haase, hör zu«, sagte Pig so eindringlich wie möglich, aber der reagierte nicht, sondern suchte weiter mit den Augen das Gebüsch ab.

»Haase«, sagte Pig etwas lauter, nahm ihn an der Schulter und schüttelte ihn. Haase sah ihn an, er blinzelte.

»Die Jungs stehen immer an der Ecke, verstehst du?

Und die Kerle mit dem Auto haben überhaupt nichts mit uns zu tun.«

Haase sagte zwar nichts, er schien jedoch etwas ruhiger zu werden. Eine Weile schwiegen beide. Dann nickte Haase.

»Wahrscheinlich hast du recht. Aber trotzdem. Wir sind in Gefahr. Die suchen uns bestimmt.«

»Die Polizei?«

»Nein«, entgegnete Haase, seine Stimme fing wieder an zu zittern.

»Die Mafia! Die haben ihre Leute überall. Und wenn die uns kriegen, dann gibt es keine Verhandlung und keine mildernden Umstände.«

Er schüttelte Pigs Arm ab.

»Neun Tote bis jetzt, ohne den aus dem Park. Früher oder später kriegen sie uns. Wir müssen abhauen, sonst sind wir erledigt.«

»Wir haben das doch schon besprochen«, sagte Pig und hob beruhigend die Hände. »Durch so was fallen wir nur auf. Nachher erwischen uns die Bullen doch noch. Außerdem, wohin willst du gehen? Wahrscheinlich haben diese Mafialeute überall Freunde. Glaub mir, es ist besser, wir verhalten uns ruhig.«

»Wenn wir nichts unternehmen«, rief Haase, »sind wir bald ruhiger als uns lieb sein kann.«

Wieder sah er sich gehetzt um. In seinem Gesicht arbeitete es, offensichtlich suchte er krampfhaft nach einem Ausweg. Plötzlich packte er mit beiden Händen Pigs Hemd.

»Die Bullen! Das ist es. Die müssen uns schützen. Wir gehen hin und sagen einfach alles.«

»Hör mal«, Pig versuchte, Haases Hände loszumachen, aber zu spät, das Hemd war bereits total zerknittert. »Denk doch mal nach! Wenn wir zu den Bullen gehen, kommen wir in den Knast. Willst du das?«

»Quatsch«, sagte Haase, »wegen der Schlägerei kriegen wir doch höchstens Bewährung.«

»Schlägerei?«, Pig war überzeugt, dass Haase jetzt wirklich durchgedreht war. »Der Mann ist tot! Willst du Axel ans Messer liefern?« Und das Geld, dachte Pig, willst du das auch aufgeben? Aber den Satz behielt er für sich.

»Er war doch betrunken«, antwortete Haase. »Das Ganze war ein Unfall.«

Er fing an zu zittern.

»Und wenn schon: Besser Knast als tot.«

Er straffte sich.

»Wenn du nicht mitkommst, gehe ich alleine.«

Mit diesen Worten stürmte er an Pig vorbei.

»Halt, bleib hier«, rief Pig, aber Haase hörte nicht.

Im Geiste sah Pig sich schon im Gefängnis. Dann hatte er eine Vorstrafe und seine guten Prüfungsergebnisse nützten ihm nichts mehr. Und auch die Starthilfe für den Weg in die Selbständigkeit war weg. Die Drittelmillion Euro hatte er schon fest eingeplant. Ohne groß zu überlegen, rannte er hinter Haase her. Er erwischte ihn an der Tür und sprang ihn von hinten an. Haase fiel um, und Pig landete auf ihm. Haase versuchte, ihn abzuschütteln, aber Pig war erheblich größer und schwerer. Wie von selbst schlossen sich Pigs Hände um Haases Hals. Haase zappelte, aber seine Gegenwehr wurde immer schwächer.

Siebzehn
Außerhalb des Toleranzbereiches

Behäbig fuhr der Bohrwerksausleger über das etwa 1,5 x 1,2 Meter große Werkstück. Langsam senkte sich der riesige Fräskopf und fräste an der zuvor programmierten Stelle ein Stück heraus. Hoffentlich war es wirklich die zuvor programmierte Stelle. Die Maschinen waren schon ziemlich alt und ausgeleiert. Der Fräskopf ging wieder hoch, fuhr ein Stück zur Seite und senkte sich erneut.

Axel war genervt. Er dachte daran, wie er früher seinen Vater bei der Arbeit besucht hatte. Der war Betriebsschlosser. Mal arbeitete er hier, mal dort, fast jeden Tag an einem anderen Ort in der Fabrik. Er reparierte Schlösser, Türen und Maschinen. Oft gab es die Ersatzteile nicht mehr und sie mussten angefertigt werden. Dann ging er zu seiner Werkbank und machte das per Hand. Jeder im Betrieb kannte ihn, und wo er hinkam, quatschte er erst mal mit den Leuten. Das war's gewesen, was Axel gewollt hatte, als er sich dafür entschied, ebenfalls Schlosser zu werden. Jetzt stand er hier in dieser riesigen Halle und war einer von vielen. Nur die Kollegen kannten ihn, die in seiner unmittelbaren Umgebung arbeiteten. Den ganzen Tag über kam er hier nicht weg, und sein Job bestand darin, ein paar Knöpfe an einer riesigen Maschine zu drücken.

Irgendwie hatte Axels Bruder es besser gemacht. O.k., seine Eltern hatten seinen Entschluss, Maschinenbau zu studieren, nicht gerade begrüßt. Und das Studium war hart gewesen, weil er von den Eltern kaum Geld bekam. Trotzdem, er musste sich nicht mit solchem Mist beschäftigen.

Andererseits hatte er nur in Bremerhaven Arbeit gefunden und musste jeden Morgen einen 70 Kilometer langen Weg zur Arbeit zurücklegen. Der Bohrwerksausleger mit dem Fräskopf fuhr zurück in die Ausgangsstellung, und Axel startete das Prüfprogramm. Erneut setzte sich das Bohrwerk in Bewegung, um die ausgeführte Arbeit zu vermessen. Dann leuchtete der Wert in der Anzeige auf. Abweichung von zwei Zehntelmillimetern außerhalb des Toleranzbereichs, verdammt! Erlaubt war nur ein Zehntel.

»Stöver, was machen Sie da?«, brüllte jemand direkt hinter Axel. Er hatte den Vorarbeiter gar nicht kommen sehen. Am besten war es wohl, erst mal nichts zu sagen.

»Das Teil ist Schrott! Wissen Sie, was uns das kostet? Außerdem sind wir mit der Zeit knapp dran. Der Auftrag muss in zwei Wochen fertig sein, sonst gibt's 'ne Konventionalstrafe.«

Eigentlich war der Vorarbeiter ja ganz in Ordnung, aber in solchen Situationen flippte er aus.

»Fick dich, du blöder Wichser«, dachte Axel. Sagen tat er jedoch etwas anderes.

»Ich habe alles ganz korrekt gemacht.«

»Korrekt gemacht?« Der Vorarbeiter hatte seine Stimme erhoben. »Dann wäre das ja wohl kaum passiert. Was zum Teufel soll ich dem Chef sagen?«

»Sag doch«, dachte Axel, »Ihre Maschinen sind alle alter Schrott. Niemand sonst arbeitet noch mit konventionellen Bohrwerken, wo doch alle Welt schon lange auf CNC-gesteuerten Maschinen fertigt.«

Auch das konnte er natürlich nicht laut sagen, und ihm fiel nichts anderes ein.

Zum Glück ertönte in diesem Moment die Sirene. Die Arbeitszeit war vorbei.

«Da sprechen wir morgen noch mal drüber«, blaffte der Vorarbeiter und ließ ihn in Ruhe.

Schnell machte Axel seinen Arbeitsplatz sauber, zog sich um und ging. Durch die Diskussion war er sehr spät dran. Als er hinausging, traf er einen Kollegen aus seiner Abteilung. Der war überrascht, ihn noch zu sehen.

»Ach, du bist noch da? Da hat wer angerufen. Dem habe ich gesagt, du wärst längst weg.«

»Wer denn?«, wollte Axel wissen.

Der Kollege verzog das Gesicht.

»Bin ich dein Anrufbeantworter?«

Axel ging ohne einen Kommentar. Er hatte noch ein paar Sachen zu erledigen. Deshalb kam er erst zwei Stunden später zu Hause an. Im Treppenhaus traf er Chris.

Axel grüßte mit »Hey« und wollte sich vorbeischlängeln.

»Auch hey«, sagte Chris und versperrte ihm den Weg. »Dieser kleine nervöse Freund von dir war hier. Wie heißt er? Haase? Hat 'ne Weile vor der Tür gewartet.«

»Ja? Hat er gesagt, was er will?«

»Hab's nur vom Fenster aus gesehen«, antwortete Chris und verabschiedete sich.

Axel überlegte, ob er möglicherweise mit Haase verabredet gewesen war und es vergessen hatte. Er konnte sich aber trotz intensiven Nachdenkens nicht erinnern, etwas Derartiges vergessen zu haben. In seiner Wohnung angekommen, hörte er den Anrufbeantworter ab. Es waren zwei Nachrichten von Haase drauf. Bei der ersten hörte er sich noch recht gut an, bei der zweiten nicht mehr. Heiser flüsterte er:

»Axel, ich muss dich sprechen. Ich glaube, sie haben uns. Da sind diese Dealer, die beobachten mich. Bitte ruf mich an.«

Das klang beunruhigend, und Axel versuchte sofort, Haase zu erreichen. Es ging jedoch niemand ran. Axel wartete und versuchte es wieder und dann noch mal. Nach einer Dreiviertelstunde war Haase immer noch nicht ans Telefon gegangen.

Am besten war es wohl, einfach kurz bei Haase vorbeizugehen. Axel hatte ein ungutes Gefühl und Sorge, Haase würde Mist bauen. Bei Haase zu Hause angekommen, musste er jedoch feststellen, dass niemand aufmachte, auch nicht als er Sturm klingelte. Axel trat einige Schritte zurück. Wenn Haase da war, müsste er Axel jetzt von seinem Fenster aus sehen können. Konnte ja sein, Haase hielt ihn für jemand anderen, weniger erwünschten. Doch weder konnte er Haase am Fenster sehen noch passierte sonst etwas. Also klingelte Axel erneut, aber es brachte nichts.

An der nächsten Ecke saßen ein paar Jungs. Axel kannte einen, er war der kleine Bruder eines Grundschulfreundes. Axel ging hin, und sie quatschten ein bisschen. Die Zeit verging, aber Haase tauchte nicht auf. »Vielleicht«, dachte Axel schließlich, »ist er ja bei Pig.«

Axel versuchte ihn anzurufen, aber Pig ging auch nicht ran. So langsam machte er sich ernsthaft Sorgen. Axel verabschiedete sich von den Jungs und beschloss, zu Pig zu fahren, obwohl Pig in der Parkallee wohnte. Das war ziemlich weit, und eigentlich fühlte er sich eher danach, sich vor den Fernseher zu knallen. Aber er machte sich trotzdem auf den Weg und nahm die Straßenbahn. Doch die alte Witwe, bei der Pig zur Untermiete wohnte, sagte Axel, sie habe ihn seit dem Morgen nicht gesehen. Und Haase sei auch nicht da gewesen.

Als Axel gerade gehen wollte, sah er Pig die Straße runterkommen. Pig schien ihn jedoch nicht wahrzunehmen.

Überhaupt wirkte der Kerl etwas abwesend. Schließlich sah er Axel aber doch. Axel hatte den Eindruck, als würde Pig plötzlich langsamer werden. Fast blieb er stehen, und sein Gesichtsausdruck war entschieden merkwürdig.

Endlich kam er bei Axel an.

»Hallo, was machst du denn hier?«, fragte er.

»Wie geht's dir? Du siehst nicht gut aus«, entgegnete Axel und meinte das nicht als Witz. Pig sah wirklich übel aus. Seine Augen lagen tief in ihren Höhlen, und sein Gesicht war eine emotionslose Maske.

Pig antwortete nicht. Er schaute starr zur Seite. Axel guckte, ob da was war. Er konnte jedoch nur die akkurat geschnittene Hecke des Nachbarhauses entdecken.

»Also, wenn es jetzt nicht so günstig ist, kann ich auch wieder gehen. Ich bin nur hier, weil Haase auf meinem Anrufbeantworter war und schlecht klang. Ich wollte wissen, ob du ihn…«, Axel unterbrach sich. Ihm war aufgefallen, dass Pigs Hemd und auch seine Hose zerrissen waren. Pig reagierte nicht auf die Unterbrechung, sondern schaute teilnahmslos ins Leere.

»Mensch Pig«, sprach Axel ihn an. Er bewegte die Hand vor Pigs Augen auf und ab. »Hallo Pig? Bist du da? Was zum Teufel ist los? Und was ist mit deinen Klamotten?«

Erst blieb Pig stumm. Aber dann schüttelte er sich leicht und schaute zu Boden. Axel folgte seinem Blick. Pigs Schuhe waren total verdreckt.

»Ja«, antwortete Pig endlich und sah Axel ins Gesicht.

»Es ist was passiert. Lass uns reingehen, dann erzähle ich es dir.«

Nachdem sie in Pigs Zimmer angekommen waren, machte er erst mal Musik an. Nicht zu laut, sonst gab es Ärger mit seiner Vermieterin, einer Witwe aus einer alten Bremer Kaufmannsfamilie. Aber es war doch laut genug, dass man draußen nicht jedes Wort hören konnte.

»Haase ist abgehauen«, flüsterte er.

»Was?« Axel hoffte, sich verhört zu haben.

»Ich traf ihn, und er war total in Panik.«

Pig ging zu dem Schrank mit dem Bier. Er nahm sich eins und hielt Axel auch eine Flasche hin.

»Haste kein kaltes?«, fragte Axel.

»Nein, und ich habe dir schon zig Mal gesagt, dass ich schlecht Berge von Bier im Kühlschrank meiner Vermieterin deponieren kann.«

Sonst hatte Axel immer gefragt, warum Pig denn zur Untermiete bei einer alten Frau wohne, wo er das Bier warm trinken musste und nicht laut Musik hören konnte. Dann antwortete Pig, es käme einfach geil, wenn er Frauen erzählte, er wohne in der Parkallee, zumal das Haus auch eine wirklich schöne alte Villa war. Und wenn Axel Pig dann fragte, wie er den Frauen erklärte, dass er in diesem riesigen Haus nur ein Zimmer und kein eigenes Klo habe, dann sagte Pig, er würde den Bräuten einfach weismachen, die alte Witwe sei seine Oma. Die Wahrheit war, keiner von Pigs Freunden glaubte wirklich, dass Pig häufig Frauen abschleppte. Heute war es Axel jedoch egal, warum Pig so lebte, deshalb fragte er nicht.

»Was ist nun mit Haase?« Axel sah sich nach einem Öffner um und fand schließlich ein Feuerzeug.

Pig nahm erst mal einen Schluck Bier. Er schaute aus dem Fenster.

Nach einer Pause, die Axel sehr lang vorkam, sagte er schließlich: »Haase ist weg. Total durchgedreht. Wegen dem Medienrummel. Er dachte, die Mafia kriegt uns.« Dabei sah er weiter aus dem Fenster, als hinge dort eine Tafel, von der er seinen Text ablesen müsse.

»Was?« Axel hatte Mühe, Zimmerlautstärke zu halten. »Was heißt das? Und wie denn?«

»Zug«, antwortete Pig und schaute immer noch aus dem Fenster. »Er hat den Zug genommen. Weiß nicht, wohin.«

Das konnte doch nicht wahr sein! Axel stand noch, jetzt setzte er sich erst mal. Langsam kam die Wut hoch.

»Wie konntest du das zulassen? Du hättest was tun müssen!«

Pig fuhr herum und zischte: »Ach ja? Was meinst du, was ich versucht habe?« Er deutete auf die Risse in seinen Klamotten.

»Das war er. Das Zeug ist völlig neu gewesen. Haase war total durchgedreht. Habe alles versucht, aber er wollte nicht hören. Und wo warst du überhaupt? Mit deiner Hilfe hätte ich vielleicht eher 'ne Chance gehabt.«

Was sollte Axel dazu sagen. Eine Weile tranken sie schweigend ihr Bier, ohne sich dabei anzusehen.

»Und du weißt wirklich nicht, wo er jetzt ist?«, fragte Axel schließlich.

»Nein«, antwortete Pig und sah wieder aus dem Fenster.

Achtzehn
Die 50.000 Euro-Frage

Es war ein langweiliger Abend in der *Lütten Klause* in der Hamburger Straße. Wenige Spieler hatten sich blicken lassen und keiner wollte hohe Einsätze wagen. Schließlich waren sie so gelangweilt von sich selbst, dass sie schon um 2 Uhr nachts alle nach Hause gingen.

Nur Danny, der Chef, und Mike, sein Bodyguard und Mädchen für alles, waren noch da. Danny stand hinter der Theke und rechnete Gewinne und Verluste zusammen. Mike wollte gerade die Tür abschließen. Doch bevor er sie erreicht hatte, öffnete sie sich und Tom kam herein.

»Hallo«, rief Tom. »Gott! Hier ist ja gar nichts los.«

»Tom«, Danny ließ den Stift sinken. Sein Tonfall war etwas unfreundlich. »Verdammt, ich habe dir doch gesagt, dass ich keine Zeit habe.«

Mike reckte sich, um seine 2,10 Meter zur Geltung zu bringen. Er war mehr als anderthalb Köpfe größer als Tom. Mike machte einen Schritt auf Tom zu.

»Ja, ich weiß«, antwortete Tom. Er lächelte. «Ich habe es der Chefin auch gesagt, aber sie wollte es gerne noch mal von dir selbst hören.«

Tom hielt die Tür auf, und André und die Chefin kamen rein. Mike wich zwei Schritte zurück.

»Hallo Danny«, sagte die Chefin, »du bist beschäftigt? Sieht hier aber gar nicht danach aus.«

Von jetzt auf gleich machte der ablehnende Ausdruck auf Dannys Gesicht einem freundlich-unterwürfigen Platz.

»Ach du bist's, Ute! Ich soll keine Zeit haben? Nein, das ist ein Missverständnis. Gut, ich habe immer viel zu tun. Aber für dich habe ich natürlich Zeit.«

»Na, da bin ich ja froh.« Die Chefin erwiderte das Lächeln nicht. »Ich mag es nämlich nicht, wenn man mich verarscht.«

Sie nahm auf einem der Barhocker an der Theke Platz.

»Ich muss schon sagen Danny, dein Laden sieht von außen so verdammt spießig aus, dass ich mich wirklich frage, warum die Bullen noch nicht darauf gekommen sind, dass hier im Hinterzimmer um Geld gespielt wird.«

Danny lächelte tapfer weiter. Aus den Augenwinkeln versuchte er, Mikes Blick einzufangen. Aber Mike hatte offenbar vergessen, dass er auch Bodyguard war. Er putzte im hinteren Teil des Ladens ein paar Tische und tat so, als gingen ihn Danny und seine Probleme nichts an.

»Worum geht es denn?«, fragte Danny.

»Vielleicht erinnerst du dich an den verstorbenen Olli?«

Danny wirkte sehr zurückhaltend.

»Natürlich. Der gute Olli. Netter Kerl. War immer Stimmung, wenn er hier war.«

Tom ging hinter die Theke. Er kam langsam auf Danny zu. Dannys Augen pendelten zwischen der Chefin und Tom hin und her. Tom kam immer näher. Erst weniger als 30 Zentimeter vor Danny machte er halt.

»Ich hole mir einen Drink, wenn's erlaubt ist«, sagte er.

»Klar.« Danny atmete tief durch. »Mein Haus ist dein Haus.«

Tom öffnete den Kühlschrank und nahm eine Flasche Fanta heraus. Er blieb jedoch stehen. Da man nur von dieser Seite hinter die Theke gelangte, konnte Danny nicht mehr heraus.

André stand vor der Kneipentür und blockierte sie. Die Chefin sah Danny direkt in die Augen.

»Ich habe gehört«, meinte sie, und immer noch war kein freundlicher Zug in ihrem Gesicht, »dass Olli Schulden hatte. Spielschulden. Und einer der Schuldner sollst du gewesen sein.«

»Schulden?«, wiederholte Danny. »Olli?« Er zögerte etwas. »Na ja, das stimmt schon. In letzter Zeit hatte er manchmal Pech mit den Karten.«

»Es soll sehr viel gewesen sein«, hakte die Chefin nach.

»Kann schon sein, wie gesagt, er hatte Pech. Aber viel ist ja auch relativ. Und einem wie Olli vertraut man doch. Immer zuverlässig, der Mann.«

Danny sah zur Seite. Tom schien ihm noch nähergekommen zu sein.

»Obwohl«, meinte Danny, »jetzt ist das Geld natürlich weg.«

»Von was für einem Betrag«, fragte die Chefin, »sprechen wir denn hier?«

»Also, ich war ja nicht der einzige Schuldner«, wand Danny sich. »So genau weiß ich das nicht.«

»Dann sag es ungenau.«

»Vielleicht so 40.000 Euro? Auf keinen Fall mehr als 50.000.«

»Pfff«, machte die Chefin. »So viel? Und mir sagt keiner Bescheid? Ich muss das erst von der Polizei erfahren?«

Danny schwieg.

»Woher«, wunderte sich die Chefin, »wollte er denn so viel Geld bekommen?«

Danny sah unsicher zur Seite.

»Und stimmt es denn auch«, fragte die Chefin weiter, »dass seine Schuldner sich zusammengetan haben, um ihm ein Ultimatum zu stellen?«

»Aber nein! Obwohl – ja, in gewisser Weise. Also, die anderen waren das. Ich nicht. Selbstverständlich habe ich ihm vertraut und gesagt: 'Bring es mir, wenn du es hast'.«

Danny warf einen kurzen Seitenblick auf Tom und lachte freundschaftlich. Aber Tom lachte nicht zurück.

»Das ist ja schön«, sagte die Chefin. »Noch besser wäre es aber gewesen, du hättest auch mir vertraut und mir Bescheid gesagt. Man muss doch wissen, wenn die Mitarbeiter in Schwierigkeiten sind.«

Danny hob die Hände mit einer Geste der Hilflosigkeit.

»Ich dachte natürlich, du weißt Bescheid. Und dann der Stress. Ich werde so langsam alt und verliere leicht mal was aus den Augen.«

»Und wann sollte das Ultimatum ablaufen?«, wollte die Chefin wissen.

Danny nuschelte etwas, was völlig unverständlich war.

»Was?« Die Chefin hob fragend ihre Augenbrauen.

»Es ging zwei Wochen«, wiederholte Danny es deutlicher.

»Zwei Wochen?« Jetzt war die Chefin wirklich erstaunt.

»Wie sollte er die Kohle denn in so kurzer Zeit auftreiben?«

Danny zuckte mit den Schultern.

»Keine Ahnung. Aber er meinte, er kriegt es hin. Hatte irgendein großes Geschäft laufen.«

»Geschäft? Was für ein Geschäft?«

»Keine Ahnung«, antwortete Danny. »Ich dachte mir, frag nicht zu genau nach. Je weniger du weißt, desto besser.«

Es klang ehrlich. Die Chefin fixierte ihn. Offensichtlich fühlte er sich nicht wohl, aber er wich ihrem Blick auch nicht aus.

»Ist das alles, was du weißt? Ich werde sehr böse, wenn ich rauskriege, dass du mir was verschwiegen hast.«

»Es ist alles«, versicherte Danny.

»Gut«, sagte die Chefin, »danke, dass du dir die Zeit genommen hast.«

Sie stand auf, drehte sich um und ging.

Neunzehn
Der Schwur

Der Mann wirkte nicht beunruhigt. Verhaftet zu werden, war für ihn nichts Neues. Auch dass man ihn als Teil der Zermürbungsstrategie von Büro zu Büro schleppt und er dabei von immer neuen Beamten verhört wird, hatte er schon oft erlebt. Nein, der Mann hatte keine Angst. Eher zeichnete sich Neugierde auf seinem Gesicht ab. Mittlerweile musste er sämtliche Beamten kennen, die mit Diebstahl, Körperverletzung, Sachbeschädigung, Nötigung und Landfriedensbruch zu tun hatten. Auch beim Drogendezernat hatte er alte »Freunde«. Aber Brieselang war er in all den Jahren noch nie begegnet.

Wie um Brieselangs Gedanken zu bestätigen, sagte der Mann: »In diesem Büro war ich noch nie. Kann mich gar nicht erinnern, schon mal auf diesem Stockwerk gewesen zu sein.«

Brieselang gab sich unbeteiligt. Er sah nicht mal auf, beobachtete den Mann jedoch aufmerksam aus den Augenwinkeln.

Langsam ließ der seinen Blick über die Wände wandern. Dort hing eine Urkunde für den ersten Platz bei einem Polizeisportwettkampf und, offenbar dazugehörend, ein Foto mit einer riesigen Halle voller Schachspieler. Daneben befand sich ein Poster von *Grandmaster Flash and the Furious Five.*

Seine Augen wanderten rüber zu dem leeren Schreibtisch von Frese und dann zu Brieselang. Der Mann auf dem Stuhl vor Brieselangs Schreibtisch war etwa Anfang zwanzig. Damit kam er Brieselang, der Anfang dreißig war, jung vor. Brieselang musterte ihn kurz, dann tat er weiter beschäftigt. Erst nach einer ganzen Weile sah er erneut auf, und die beiden schauten sich in die Augen. Der Mann blieb völlig ungerührt. Wahrscheinlich kannte er diese Taktik auch schon.

Brieselang wandte sich ab und griff nach einer Akte, die vor ihm auf dem Schreibtisch lag. Er fing an, darin zu lesen. Die Akte war dick und es dauerte länger. Ganz vorne waren Fotos von dem Mann, der ihm gegenübersaß.

Schließlich hob Brieselang den Kopf.

»Guten Tag, Herr Thomas Meier, genannt Meier«, sagte er.

»Origineller Spitzname.«

Meier kicherte, aber es klang nicht echt.

»Mein Name ist Brieselang, ich bin der Assistent von Kommissar Frese.«

Offenbar las Meier keine Zeitung, denn sonst hätte

er jetzt gewusst, worum es ging. In den letzten Wochen war Freses Name in den Medien im Zusammenhang mit den Ermittlungen zu der Mordserie immer wieder genannt worden. Aber in Meiers Gesicht zeigte sich kein Anzeichen von Verstehen.

»Wenn ich mir Ihre Akte so anschaue«, fuhr Brieselang fort, »habe ich das Gefühl, dass Sie bis zum Hals in Schwierigkeiten stecken.«

Brieselang blätterte etwas hin und her.

»Da gibt es kaum Delikte, die Sie noch nicht begangen haben. Mehrere Vorstrafen, zurzeit auf Bewährung draußen und jetzt schon wieder ein Bruch. Es sieht schlecht aus für Sie.«

»Das ist ein Missverständnis«, antwortete Meier. »Die Tür war offen. Ich wollte bloß telefonieren.«

Brieselang entfuhr ein Lachen.

»Guter Witz! Wieso war die Tür dann aufgebrochen und Ihre Fingerabdrücke fanden sich auf der Brechstange? Nun mal ernsthaft. Bisher hatten Sie Glück und haben immer nette Richter gefunden, die Ihnen lange Gefängnisstrafen erspart haben. Aber dieses Mal sind Sie dran. Jugendstrafrecht ist nicht mehr. Mit den Vorstrafen und der Bewährung gehen Sie für ein paar Jahre ab.«

In Meiers Gesicht zuckte es. Brieselang konnte das zunächst nicht deuten. Aber dann kam ihm der Verdacht, dass Meier innerlich lachte und versuchte, es zu verbergen.

»Immer die gleiche Geschichte«, sagte Meier, »lassen Sie sich doch mal was Neues einfallen.«

Brieselang verstand nicht richtig, was Meier meinte.

»Ich kann Ihnen helfen«, sagte er, »wenn Sie mir helfen.«

Meier verdrehte die Augen.

»Hören Sie«, sagte er und grinste in einer Weise, die Brieselang richtig anwiderte, »ich verpfeife keinen. Außerdem war das gestern, wie gesagt, nur ein Missverständnis.«

Brieselang war etwas aus dem Konzept gebracht.

»Ich glaube, Sie verstehen mich nicht. Ihre Lage ist ernst. Sie werden für ein paar Jahre ins Gefängnis kommen.«

»Ach nein«, antwortete Meier.

Brieselang sah Meier an. Er musste doch wissen, in welcher Gefahr er schwebte, warum zeigte er keine Angst oder tat wenigstens so, als wolle er Brieselang helfen? Konnte es sein, dass Meier irgendeine geschickte Verteidigungsstrategie verfolgte, die Brieselang nur noch nicht verstanden hatte? Er suchte in Meiers Gesicht nach einem verräterischen Zeichen dafür, aber er fand nichts. Meier schien es ernst zu meinen. Brieselangs Blick ging wieder zur Akte und wanderte über die lange Liste der Verhaftungen.

»Haben Sie eigentlich schon mal darüber nachgedacht, dass Sie als Dieb anscheinend nicht sehr begabt sind?«

Ratlosigkeit machte sich auf Meiers Gesicht breit.

»So oft wie Sie geschnappt worden sind, muss doch fast jede Tour schiefgegangen sein.«

Nun grinste Meier ganz offen. Wahrscheinlich hatte er in Wahrheit doppelt so viele Dinger gedreht, war also nur bei jedem zweiten geschnappt worden.

»Wieso?«, fragte er.

»Passen Sie auf«, fuhr Brieselang fort, »ich brauche Informationen, kann Ihnen aber auch helfen. Wenn Sie versprechen zu bereuen und reden, mach ich das. Sie haben doch mal für die Simson gearbeitet.«

Meiers Grinsen wurde richtig breit.

»Simson?« Er tat so, als würde er überlegen. »Kenne ich nicht. Ich sage doch, ich weiß nichts. Sie können mir gar nichts.«

Brieselang öffnete den Mund, um etwas zu entgegnen. Aber plötzlich verstand er endlich dieses merkwürdige Grinsen seines Gegenübers. Diesen Gesichtsausdruck. Es war kein Zeichen von Intelligenz darin zu erkennen. Nun wurde Brieselang klar, wie es zu dieser langen Latte von Vorstrafen und Verhaftungen kommen konnte. Meier war einfach zu dumm, um Angst vor den Folgen seines Handelns zu haben. Er dachte wirklich, er käme auch dieses Mal mit ein bisschen Untersuchungshaft und einer Bewährungsstrafe davon. Wahrscheinlich würde ihm erst bei der Verkündung des Urteils klar werden, dass es dieses Mal ernst war.

Aber so lange konnte Brieselang nicht warten. Jede weitere Minute mit Meier war Zeitverschwendung. Brieselang rief den Vollzugsbeamten und befahl, Meier wegzubringen.

Kaum war der draußen, kam Frese zurück. Er war nicht sehr erfreut, dass Meier nicht hatte helfen wollen. Frese setzte sich an seinen Platz und starrte die Schreibtischplatte an. Dann schlug er die dort liegenden Akten der Mordserie auf. Er sah sich die Fotos der Opfer an.

»Verdammt«, flüsterte er. »Ich weiß, dass sie dahintersteckt. Warum finden wir nur keine Beweise? Die geht gemütlich ihren Geschäften nach, während wir hier sitzen und nicht weiterkommen.«

Brieselang ging davon aus, dass er nicht wirklich nach seiner Meinung gefragt wurde. Deshalb zog er es vor zu schweigen.

»Jetzt ist Schluss«, sagte Frese in normaler Lautstärke und schlug die Mappe entschlossen zu. »Die Lösung ist da draußen, und wir werden sie finden. Holen Sie den Wagen, Brieselang. Wir müssen los!«

Erst im Wagen traute sich Brieselang zu fragen, wo es denn hinginge.

»Zum Bahnhof«, antwortete Frese. »Das alles hat was mit diesem gescheiterten Drogendeal zu tun, da bin ich sicher. Irgendeiner dieser beschissenen Junkie-Wichser muss doch was wissen.«

»Aber«, entgegnete Brieselang, »wir haben doch schon mehrfach versucht, die auszuhorchen. Und die Leute vom Drogendezernat sind auch dran.«

»Egal!« Frese lachte grimmig. »Wir versuchen es wieder und wieder. Dann nehmen wir uns noch mal den Laden der Simson vor. Und dann die Zuhälter, die Taschendiebe, die Trickbetrüger und die Heiratsschwindler. Kein verdammter Krimineller in dieser Stadt soll ruhig schlafen können, solange die Morde nicht aufgeklärt sind.« Freses Hand krampfte sich um den Gurt. Er schrie jetzt fast. »Dieses Mal ist das letzte Mal, dass wir uns mit der Simson rumärgern müssen. Ich schwöre, dass ich sie erledigen werde! Egal, wie!«

Am Bahnhof angekommen, sahen sie sich zunächst um. Busse und Straßenbahnen spuckten Menschen aus. Einige trugen Koffer und gingen in den Bahnhof, andere hatten Aktenmappen oder Einkaufstüten dabei und stiegen in Straßenbahnen oder Busse anderer Linien um. Fast alle waren in Eile. Der ganze Platz schien in Bewegung. Sah man jedoch genauer hin, bemerkte man kleine Inseln des Stillstandes, an denen die Menschenströme vorbeigingen. Einzeln oder in Gruppen standen und saßen dort mehr oder weniger verwahrloste Menschen. Sie strebten nirgendwohin. Nein, diese Leute hatten kein Ziel, wo sie hinfahren oder hingehen konnten. Sie waren hier gestrandet und saßen fest an den unwirtlichen Ufern ihres trüben Lebens.

Frese und Brieselang klapperten sie alle ab, aber es war immer das Gleiche. Nein, wir wissen nichts. Morde? Stimmt, davon haben wir gehört. Schlimme Sache. Drogen? Nein, die nehmen wir schon lange nicht mehr. Was wir hier machen? Wir warten auf den Bus.

Frese und Brieselang waren kurz davor aufzugeben, als Frese Brieselang plötzlich am Arm zog. Mit dem Kopf deutete er auf einen Mann, der eben erst gekommen war. Er war etwa vierzig Jahre alt und hatte das blässliche und kränkliche Aussehen vieler Junkies.

»Da ist ein alter Bekannter«, zischte Frese. »Schmidt. Wie finden Sie den?«

»Für einen Junkie relativ wenig verwahrlost«, antwortete Brieselang.

»Der sieht richtig gut aus.« Frese lachte. »Sie müssen wissen, der hängt schon seit fünfzehn Jahren an der Nadel.«

In diesem Moment kreuzten sich die Blicke von Frese und Schmidt. Der Mann blieb stehen und hob die Hand ans Kinn. Er sah sinnend zur Seite. Anscheinend war ihm etwas eingefallen, was er vergessen hatte. Er drehte sich um und ging weg.

»Die Vorstellung war gut«, sagte Frese, »aber nicht gut genug. So leicht legst du mich nicht rein.«

Sie liefen hinterher und holten ihn ein, kaum dass er an der Bahnhofstraße die Straßenbahngleise überquert hatte. Um ihn zu bremsen, packte Frese den Mann am Kragen und drängte ihn gegen die Hauswand.

»Mensch Schmidt, ich bin enttäuscht. Wir haben uns so lange nicht gesehen. Und dann drehst du einfach um und sagst nicht mal 'Hallo'. Wie geht's dir denn so?«

Leicht gehetzt sah sich Schmidt um und suchte nach einem Fluchtweg, aber er konnte an Frese und Brieselang nicht ohne Kampf vorbei.

»Gut«, antwortete er. »Und selber?« Seine Stimme klang merkwürdig. Sie hatte einen weinerlichen und müden Beiklang.

»Na ja«, meinte Frese, »viel Arbeit. Du kennst das ja. Dann noch Besuch von der Schwiegermutter. Aber da muss ich wohl durch. Was machst du so? Immer noch auf Drogen?«

»Drogen?« Schmidt war erstaunlich überzeugend. Man hätte wirklich meinen können, er wüsste gar nicht, was das ist.

Frese lachte schallend. Brieselang wusste nicht, was er davon halten sollte.

»Du verstehst nicht, was ich meine?«, fragte Frese

belustigt. »Leider habe ich ausnahmsweise keine dabei, sonst könnte ich dir welche zeigen. Aber vielleicht durchsuchen wir mal deine Taschen. Kann ja sein, dass du welche dabei hast, ohne zu wissen, was das ist.«

Schmidt wand sich.

»Ach nein, das ist doch nicht nötig.«

Frese machte trotzdem Anstalten, Schmidt zu durchsuchen.

»Nötig, unnötig, das ist doch völlig egal. Ich finde es immer total lustig zu sehen, was andere Leute so in den Taschen haben.«

»O.k.«, rief Schmidt und hob abwehrend die Hände. »Ich weiß, was Drogen sind. Du musst es mir nicht erklären.«

»Schade!« Frese sah ehrlich betrübt aus. »Andererseits: Gut, wenn wir uns verstehen.«

Rasch sah er sich um. Brieselang folgte seinem Beispiel. Keiner der anderen Junkies war in Hörweite. Frese machte einen weiteren Schritt auf Schmidt zu und sagte mit gedämpfter Stimme: »Diese Mordserie. Ich glaube, du weißt was darüber. Erleichtere dich. Sag es mir. Dann ist dein Gewissen nicht mehr so schwer belastet!«

Es war deutlich zu sehen, dass Schmidt bei Freses Worten noch nervöser wurde, als er es vorher schon gewesen war.

»Die Mordserie? Was sollte ich darüber wissen?«

»Na ja«, Frese lächelte freundlich, »ich glaube, dass hat auch mit Drogen zu tun. Und du kommst doch herum, triffst Leute. Da hast du doch bestimmt was gehört.«

Schmidt schüttelte den Kopf.

»Ich weiß, dass Simson da mit drinhängt«, drängelte Frese. »Hilf mir! Sag mir, worum es geht.«

»Simson?« Es schien, als sei Schmidt schon das Aussprechen des Namens unangenehm. »Die kenne ich nicht. Aber trotzdem glaube ich, dass es nicht gesund ist, über sie zu sprechen.«

Frese runzelte die Stirn.

»Was soll das denn heißen? Du bist doch sonst nicht so. Hab ich dir nicht das ein oder andere Mal aus der Patsche geholfen? Da warst du immer auskunftsfreudig.«

Frese machte Schmidts weinerlichen Tonfall nach.

»Bitte Frese, hilf mir, dann helfe ich dir auch. Ich habe Informationen, du kannst immer auf mich zählen.«

»Also, das habe ich nie gesagt, ich…«, fing Schmidt an. Frese ließ ihn nicht ausreden.

»Aber darauf lief es hinaus. Also mach den Mund auf.«

Schmidts Züge verhärteten sich, und er hob die Schultern, als wolle er in die Abwehrstellung eines Boxers gehen. Fest presste er seine Lippen zusammen.

«Ich weiß nichts«, krächzte er.

Frese wartete eine Weile, aber Schmidt sagte kein Wort mehr.

»O.k.«, Frese packte seine Arme, »dann werde ich dich doch durchsuchen.«

»Tu, was du tun musst«, antwortete Schmidt.

Mitten in der Bewegung hielt Frese inne. Prüfend sah er Schmidt in die Augen. Brieselang fand, dass der Mann aussah, wie einer, der es ernst meinte. Er würde wirklich nichts sagen.

»Wie du willst«, sagte Frese. Er griff in die Tasche, um seine Handschellen herauszuholen. Nachdem er sie Schmidt angelegt hatte, befahl er Brieselang:

»Bringen Sie ihn zum Wagen, rufen Sie Verstärkung und lassen Sie den ganzen Haufen hopsnehmen. Die sollen alle gründlich verhört werden.«

Er gab Schmidt einen Stoß in Brieselangs Richtung. Schmidt wäre beinahe gestolpert, aber Brieselang erwischte ihn gerade noch rechtzeitig am Arm.

»Aber die sagen doch nichts. Entweder haben sie alle Angst oder sie wissen nichts.«

»Wir nageln sie einfach mit den Füßen nach oben an die Wand. Da werden Sie gar nicht so schnell mitschreiben können, wie die reden.«

Frese schlug sich mit der Hand an die Stirn.

»Ach nein, das ist ja verboten. Scheiß Gesetze. Müssen Sie sich halt was anderes einfallen lassen. Aber erst später, wir gehen vorher woanders hin. Und die können inzwischen ein bisschen schmoren.«

Brieselang wollte schon zum Wagen, da rief Frese ihn noch einmal zurück.

»Fordern Sie doch gleich noch ein Team an, das die Bude von der Simson durchsucht. Sehe gar nicht ein, warum wir die einzigen sein sollen, die 'ne miese Zeit haben.«

Später, als Schmidt an die Kollegen übergeben war, saßen sie wieder im Auto, und Frese nannte als Adresse Langemarckstraße. Die lag in der Neustadt, auf der anderen Weserseite. Zwar hatte Frese jetzt einigen Wirbel verursacht, aber er wirkte noch nicht so richtig zufrieden. Brieselang war sich nicht sicher, ob er im Moment wirklich ermittelte. Vielleicht versuchte er auch nur, so vielen Leuten wie möglich den Tag zu verderben.

»Gleich«, platzte Frese in Brieselangs Gedanken hinein, »werden Sie eine weitere Stütze des hiesigen Mittelstandes kennenlernen. Wir treffen einen Mann, der in den letzten Jahren eine erstaunliche Unterweltkarriere hingelegt hat. Er soll früher ein sehr erfolgreicher Safeknacker gewesen sein. Ob das stimmt, weiß keiner, aber deswegen nennen sie ihn den Schränker. In Wahrheit heißt er Tamer Aslan. Sicher ist, dass er vor drei Jahren in die Stadt kam mit den Taschen voller Geld. Er kaufte davon ein Café in der Neustadt und ein paar üble Kerle und stieg in das Geschäft mit Drogen und Hehlerware ein. Und nun kontrolliert er bereits den größten Teil der Neustadt. Allerdings ist das natürlich ein Gebiet, das lange nicht so interessant ist wie das Zentrum. Halten Sie vor dem *Macao*.«

Das *Macao* war ein Café, in dem fast niemand war. Vielleicht war es noch zu früh oder schon zu spät, zumindest für das Café. Hinter der Theke stand eine Frau, die sich mit dem Spülen von Gläsern beschäftigte. An einem Spielautomaten lungerte ein breitschultriger junger Mann mit gegelten Haaren herum. Ein anderer, der praktisch aussah wie sein Zwillingsbruder, schien die Tür zu bewachen. Von den etwa fünfzehn Tischen waren nur zwei besetzt. An dem einen saßen drei Männer mit dicken Muskeln, an dem anderen saß ein Mann um die dreißig im Anzug. Er rauchte eine Zigarre.

Ohne den Gorilla am Eingang groß zu beachten, ging Frese direkt auf den Mann im Anzug zu. Erst sah es so aus, als wollte der Gorilla ihn anhalten. Dann schien er Frese jedoch zu erkennen.

Der Mann am Tisch, von dem Brieselang annahm, dass er der Schränker war, begrüßte Frese ganz anders, als Simson es gemacht hatte. Freundlich stand er auf und bot Frese einen Stuhl an.

»Kommissar Frese! Sie hier? Wie schön zu wissen, dass das Auge des Gesetzes auch auf einem abgelegenen Teil der Stadt wie unserem ruht. Aber darum müssen Sie sich doch nicht gleich persönlich kümmern!«

Brieselang war überrascht, wie ehrlich, offen und freundlich, ja geradezu herzlich der Schränker sich gab. Zu der Brutalität, die nötig war, um in kurzer Zeit seinen Machtbereich so auszudehnen, schien das nicht zu passen. Brieselang konnte sich erinnern, den Namen auch im Zusammenhang mit verschiedenen verschwundenen Unterweltgrößen gehört zu haben. Ob sie die Stadt verlassen hatten oder ihnen etwas zugestoßen war, konnte bislang nicht geklärt werden. Falls dieser Mann nicht vorzeitig eine Kugel abbekam, würde er es bestimmt weit bringen.

»Besser ist doch immer«, sagte Frese, »man schaut mal selbst nach dem Rechten.«

Der Schränker nickte zustimmend.

»Diese Morde«, fuhr Frese fort, »Sie wissen ja…«

»Wollen Sie was trinken?«, fragte der Schränker.

Frese nahm ein Wasser, Brieselang überlegte, ob er eine Cola trinken sollte, entschied sich dann aber auch für Wasser. Der Schränker ging selbst zur Theke, um die Getränke zu holen.

»Hier in der Neustadt«, meinte Frese, als er wieder da war, »scheint ja alles ruhig zu sein.«

»Gott sei Dank«, antwortete der Schränker, »das ist ja wirklich schrecklich da drüben. Zum Glück sind wir hier wohl zu weit ab vom Schuss.«

Brieselang versuchte aus dem Gesichtsausdruck des Schränkers herauszulesen, ob die Sache mit dem Schuss eine absichtlich doppeldeutige Formulierung gewesen war. Doch es gelang ihm nicht, irgendwas daraus zu lesen.

Bedächtig nahm Frese einen Schluck aus seinem Glas und wischte sich die Lippen mit dem Handrücken ab.

»Haben Sie vielleicht zufällig irgendwas gehört, was uns helfen könnte?«

Die Art, wie der Schränker auf diese Frage reagierte, aalglatt und mit der Miene des rechtschaffenen Mannes, ließ Brieselang vermuten, dass sie auch hier nichts erfahren würden. Frese schien ebenso zu denken, denn er stellte nur pro forma noch ein paar Fragen. Dann gingen sie.

Im Wagen forderte Frese ein Team an, das das *Macao* auseinandernehmen sollte.

»Die ruhige, selbstsichere Art dieses Typen«, meinte Frese, »geht mir auf den Senkel.«

Zwanzig
Die gebunkerte Leiche

Pig war wach. Daran musste die Hitze schuld sein. Er wollte die Decke zurückschlagen, aber offenbar war er gar nicht zugedeckt. Dennoch spürte er etwas an seinem Bein. Er tastete mit der Hand danach. Es war seine Hose. Warum hatte er die nicht ausgezogen? Vielleicht sollte er es jetzt tun. Andererseits war er wahnsinnig kaputt, und jede Bewegung tat ihm weh.

Jemand hämmerte irgendwo im Haus. Das war es wahrscheinlich, was ihn geweckt hatte. Die Hitze war dieses Mal unschuldig. Trotzdem verfluchte er sie.

Durch die Tür hörte Pig gedämpft die hohe, zittrige Stimme seiner Vermieterin.

»Sie müssen wirklich mal mit ihm reden! Ich mache mir Sorgen. Jeden Abend kommt er erst spät heim. Immer ist er total betrunken und schläft dann den halben Tag. In der Uni war er, glaube ich, schon eine Woche nicht mehr.«

Eine dunklere Stimme, möglicherweise die eines Mannes, antwortete, aber Pig konnte die Worte nicht verstehen.

»Er war immer so eifrig und hat so gut gelernt.« Das war wieder die Vermieterin. »Diese vielen Prüfungen! Vielleicht liegt es daran.«

Erneut wurde gehämmert. Nein, es war wohl ein Klopfen, und zwar an seiner Zimmertür. Vorsichtig setzte sich Pig auf. Es bekam ihm noch viel schlechter, als er vorher vermutet hatte. Aber was sollte man machen. Pig ging zur Tür und öffnete. Draußen stand Axel, den Arm noch erhoben. Gerade hatte er wohl erneut auf der Türfüllung und Pigs Nerven herumtrommeln wollen. Hinter ihm sah Pig seine Vermieterin stehen. Ihr Blick war äußerst besorgt.

»Geht es Ihnen gut?«

»Ja, danke«, antwortete Pig und fragte sich, ob seine Stimme auch außerhalb seines Kopfes so schlimm klang.

»Sind Sie krank?«, hakte die Vermieterin nach. »Sie sehen nicht gesund aus.«

»Nein.« Mit viel Anstrengung zog Pig seine Mundwinkel zu einem Lächeln hoch. »Ich bin nur müde.«

»Wahrscheinlich die Hitze«, mischte sich Axel ein, »die geht auf den Kreislauf.«

Zögernd und offensichtlich nicht überzeugt, zog sich die Vermieterin zurück.

Axel kam rein, und Pig schloss die Tür.

»Was ist los?«, fragte Axel. »Du siehst wirklich übel aus.«

»Ach, weißt du«, sagte Pig, »gestern war ich in dieser neuen Kneipe im Viertel und hab da diese Tussi kennengelernt. Bin mit zu ihr und wir haben es die ganze Nacht getrieben.«

»Wirklich?« Axel runzelte die Stirn. »Das ist ja komisch. Ein Kollege von mir hat heute in der Pause erzählt, dass er gestern auch in dieser Kneipe war. Meinte, er hätte dich gesehen, und du wärst total betrunken gewesen. Hast alles vollgekotzt und wurdest dann rausgeschmissen. War das mit der Tussi davor oder danach?«

»Vielleicht«, sagte Pig, ohne auf die Frage einzugehen, »hast du recht, und es ist die Hitze.«

Deutlich sah man Axel an, dass er es nicht gerne hatte, wenn man ihn mit seinen eigenen Ausreden verarschte. Aber offenbar beschloss er, darauf nicht weiter einzugehen.

»Setz dich«, sagte Pig. Er zeigte auf den einzigen Sessel im Zimmer und ließ sich selbst ächzend auf der Bettkante nieder. In seinem Zustand benötigte das seine volle Aufmerksamkeit, und so dauerte es eine Weile, bis ihm auffiel, dass Axel stehengeblieben war. Irgendwie guckte er auch komisch.

»Is' was?«, fragte Pig.

Axel zog eine Zeitung aus der Tasche und faltete sie langsam auseinander.

»Grausiger Fund in Bunker« stand dort in riesigen Lettern. Axel gab Pig die Zeitung, dann erst setzte er sich. Pig las, dass Handwerker in einem Bunker in Walle eine Leiche gefunden hatten. Detailliert berichteten sie dem Reporter alle Einzelheiten des furchtbaren Erlebnisses. Fassungslos beschuldigte die Mutter des Opfers Peter H. die Mafia des Verbrechens und die Polizei der Untätigkeit. Der Polizeisprecher wehrte sich dagegen, irgendwelche Vermutungen kommentieren zu sollen. Zuerst einmal müssten die Ermittlungen abgeschlossen werden. Illustriert war der Artikel mit Bildern des Bunkers, den Pig ja schon kannte und des verwilderten Grundstückes dahinter. Außerdem gab es noch einen Schnappschuss von Haase, lachend, mit Sonnenbrille. Der Verfasser des Artikels schloss sich im Wesentlichen dem Urteil der Mutter des Opfers an.

»Verflucht«, sagte Pig, »wie konnte das passieren?«

»Das frage ich dich!« Axel sah grimmig aus. »Du hast doch gesagt, er wäre weg. Mit dem Zug.«

»Mensch«, Pigs Ton klang genervt, »ich bin doch nicht sein Kindermädchen. Muss er wohl wieder zurückgekommen sein.«

»Aber warum hat er sich nicht gemeldet? Was war los, habt ihr euch gestritten?«

»Was heißt gestritten?«, sagte Pig. »Ich habe es dir doch erzählt. Du hast meine Klamotten gesehen. Mehr war nicht.«

»Bist du sicher, dass du mir da nichts verheimlichst?«

Irgendwas an der Art, wie Axel das sagte, gefiel Pig nicht. Es klang so nachdrücklich.

»Ich versichere dir, dass ich dir nichts verheimliche.«

Axel sah Pig prüfend an, aber Pig hielt dem Blick stand.

»Gut«, sagte Axel, »dann lass uns überlegen. Hier steht nichts über die Todesursache, aber ich glaube nicht, dass er von selbst gestorben ist. Also, wer könnte das gewesen sein?«

Pig zuckte mit den Schultern.

»Was weiß ich, vielleicht ein Raubmord.«

Axel machte ihm jedoch klar, dass er das für unwahrscheinlich hielt.

»Hast du dir das Hirn weggesoffen? Das ist doch kein Zufall!«

»Na hör mal!« Pig richtete sich auf. »Wie redest du mit mir?«

Es ging so schnell, dass Pig dachte, es könne nur den Bruchteil einer Sekunde gedauert haben. Axel sprang auf, stand vor ihm und riss ihn am T-Shirt hoch.

»Das ist kein Spaß, du Sau. Haase ist tot. Ich will eine ernsthafte Antwort.«

Aus kurzer Distanz sah Pig Axel ins Gesicht, und was er da sah, gefiel ihm nicht. Pig erinnerte sich, wie Stefan auf Kalles Party immer Witze über Axels Freundin gemacht hatte. Axel hatte ihm zweimal gesagt, dass er das nicht komisch findet, aber Stefan hatte nur gelacht. Axel war durchschnittlich groß und wirkte nicht muskulös, während Stefan zwei Meter maß und ein Bär von einem Mann war. Dieser hervorragenden körperlichen Konstitution verdankte Stefan es auch, dass er das Krankenhaus schon eine Woche nach dem Vorfall wieder verlassen konnte. Aber er musste sich eine neue Lieblingskneipe und auch neue Freunde suchen. Und nach allem, was man so hörte, war seine Sehkraft auf dem rechten Auge bis heute nicht ganz wiederhergestellt.

Pig beschloss, die Strategie zu ändern.

»Das muss wirklich die Mafia gewesen sein. Irgendwie haben die was rausgefunden.«

Axel war noch nicht besänftigt.

»Mafia? Spinnst du? Wie sollen die auf Haase kommen?«

»Keine Ahnung«, meinte Pig. »Wer soll es sonst gewesen sein? Vielleicht hat er sich verplappert. Kann doch sein, er wollte einen falschen Ausweis und ist ausgerechnet an die geraten.«

Axel ließ Pigs T-Shirt nicht los, aber er zog nun etwas weniger daran.

»Das kann sein. ‚Falscher Ausweis'. Auf so 'n Scheiß stand Haase. Aber warum waren sie noch nicht bei uns?«

»Kann sein«, meinte Pig, »Haase hat dichtgehalten.«

Axel schüttelte den Kopf.

»Oder«, fuhr Pig fort, »sie haben ihn versehentlich zu früh gekillt.«

Axel wirkte immer noch nicht überzeugt.

»Is' doch auch egal.« Pig versuchte, endlich die Gesprächsführung an sich zu reißen. »Entscheidend ist doch, dass sie uns auf den Fersen sind. Wir müssen uns verstecken. Früher oder später erfahren die, dass wir Haase kannten. Und dann sind wir dran.«

»Verstecken? Bist du irre? Ich verliere meinen Job.« Axel schüttelte den Kopf noch energischer als zuvor. »Außerdem, was ist mit den Bullen? Die werden uns doch befragen wollen. Wenn wir abhauen, ist das verdächtig.«

»Besser arbeitslos und verdächtig als tot«, sagte Pig. »Außerdem haben wir ja noch das Geld. Das reicht 'ne Weile. Und jetzt geht es nur noch durch zwei.«

Axel ließ endlich Pigs T-Shirt los, ging zum Sessel und ließ sich hineinplumpsen. Er fluchte leise und bedeckte sein Gesicht mit den Händen.

»Es ist ja nicht für lange.« Pig musste das Eisen schmieden, so lange es heiß war. »Du hast doch die Nachrichten gehört. Die machen sich im Moment gegenseitig alle. Wir verstecken uns und warten ab. Wenn nichts passiert, kommen wir wieder raus. Wenn sie uns wirklich suchen, müssen wir vielleicht ganz weg. Südamerika oder so.«

»Mit falschen Pässen oder wie?«, blaffte Axel.

»Wie gesagt, im Notfall haben wir noch die Kohle.« Pig hatte das Gefühl, wieder Oberwasser zu haben. »Ob hier oder sonst wo, damit kann man was bewegen.«

Schweigend brütete Axel vor sich hin. Er nahm die Hände vom Gesicht und starrte in seine Handinnenflächen, drehte die Hände um und betrachtete die andere Seite.

Endlich machte er den Mund auf.

»Schätze, du hast recht.«

Pig schaffte es, ein triumphierendes Lächeln zu unterdrücken.

»Fragt sich nur, wo wir unterschlüpfen können. Vielleicht bei deinem Bruder?«

»Quatsch«, antwortete Axel. »Was soll ich dem erzählen, warum? Außerdem suchen sie da doch zuerst. Nein, ich habe die Schlüssel von Freunden, die in Thailand sind. Sollte da die Blumen gießen.«

Einundzwanzig
Verstösse gegen die Importbestimmungen

Mit grimmiger Miene baute sich Frese vor dem Schreibtisch der Chefin auf.

»Wir haben zwanzig Feuerzeuge taiwanesischer Fabrikation in Ihrem Lager gefunden, für die Ihr Mitarbeiter uns keine Einfuhrpapiere vorlegen konnte.«

Die Chefin sah auf.

»Was?« Sie traute ihren Ohren nicht. »Ist das Ihr Ernst?«

Frese guckte verständnislos und sagte in entrüstetem Tonfall:

»Was heißt hier Ernst? Das ist ein Verstoß gegen die Importbestimmungen.«

»Verdammt.« So langsam war die Chefin ernsthaft verstimmt. »Das ist doch Pipifax. Kann mich gar nicht an die Dinger erinnern. Die liegen da wahrscheinlich schon seit Jahren.«

Frese setzte einen Was-geht-das-mich-an-Gesichtsausdruck auf. Er ging nicht auf das Argument ein und schwieg.

»Die Dinger sind einfach vergessen worden, die Papiere wahrscheinlich verloren gegangen«, sagte die Chefin.

»Dann«, antwortete Frese, »sollten Sie vielleicht in Zukunft besser auf Ihre Papiere aufpassen.«

Die Chefin bemühte sich, ihren Ärger nicht allzu deutlich zu zeigen. Aber es fiel ihr schwer.

»Die Feuerzeuge waren doch bei Ihrer letzten Durchsuchung auch schon da. Warum haben Sie da nichts gesagt?«

Frese straffte sich. Scharf zog er den Atem ein.

»Na hören Sie mal, wir übersehen halt auch mal was. Und letztes Mal waren wir eben sehr beschäftigt mit dem falsch angebrachten Notausgangsschild.«

Entweder war er wirklich wütend oder er war ein guter Schauspieler.

»Umso besser, dass wir noch mal wiedergekommen sind.«

Resigniert lehnte sich die Chefin zurück.

»Herr Frese, das war jetzt die dritte Durchsuchung innerhalb weniger Tage. Wird das ewig so weitergehen?«

Frese lächelte gönnerhaft.

»Sobald hier alles den Bestimmungen entspricht, lassen wir Sie in Ruhe.«

Er schaltete um auf kumpelhaftes Lächeln.

»Ich meine, wir tun hier doch nur unsere Pflicht.«

Die Chefin schwieg, aber ihre Haltung zu Freses Worten war wohl an ihrem Gesicht abzulesen, denn seine Augen flackerten. Die Chefin befürchtete, dass heimliche Freude dieses Flackern verursachte.

»Na ja«, Frese sah sich um, »das war's dann für heute. Sie sollten besser auf Ihre Papiere achten. Sonst müssen wir Ihren Laden vielleicht irgendwann schließen. Und das, wo Sie hier so gute Arbeit für die mittelständische Sache leisten.«

Er drehte sich um und ging. An der Tür warf er ihr über seine Schulter noch einen kurzen Blick zu.

»Auf Wiedersehen.«

Die Chefin hörte ihn durch den Laden gehen und meinte, ein leises Lachen zu hören. Selten war sie so böse gewesen. Nachdem sie eine Weile mit verschränkten Armen dumpf vor sich hin gebrütet hatte, beschloss sie, im Verkaufsraum nach dem Rechten zu sehen.

Immer noch war die Schaufensterfront des Ladens mit Brettern vernagelt, aber die Mauer war so weit wiederhergestellt, dass demnächst die Scheiben eingesetzt werden konnten.

Immerhin war der Ladentisch fertig, und die Regale waren wieder mit Ware gefüllt. André saß auf einem Stuhl hinter der Theke und las einen Comic. Kunden waren keine da. Besser so. Die Besucher, die in letzter Zeit zu ihnen gekommen waren, hatte ohnehin nicht die Kauf-, sondern die Schaulust getrieben.

Durch die offene Ladentür sah die Chefin den Maurer Werkzeug in seinem Lieferwagen verstauen. Sie ging raus und fragte ihn, wie weit er sei. Er bestätigte ihren Eindruck. Am nächsten Tag, meinte er, könnten die Schaufensterscheiben eingesetzt werden.

Das war nicht schlecht, obwohl der Laden mehr ein Nebengeschäft war.

Während die Chefin noch vor der Tür stand, kam Tom zurück. Er wirkte nicht besonders zufrieden. Zunächst wollte die Chefin mit ihm reingehen, aber dann überlegte sie es sich anders. Gut möglich, dass bei einer der Durchsuchungsaktionen Wanzen deponiert worden waren. Zusammen gingen sie ein Stück die Straße runter.

»Und?«, fragte sie. »Was hast du herausbekommen?«

»Olli hatte einen Flug nach Indonesien gebucht«, antwortete Tom, »unter falschem Namen.«

»Dann stimmt es also.« Die Chefin verzog das Gesicht. »Er wollte uns verladen. Er hat der Polizei den Tipp gegeben und dachte, im Durcheinander kann er mit der Kohle verduften.«

»So ist es wohl«, meinte Tom.

»Verflucht«, zischte die Chefin, »ich habe ihm vertraut.«

»Leider bringt uns das Wissen kaum weiter.« Tom schüttelte den Kopf. »Irgendwas muss bei seinem Plan schiefgegangen sein. Vielleicht hat ein Komplize ihn betrogen oder so was. Aber ich habe alle Leute abgeklopft, die in Frage kommen würden. Meiner Meinung nach war es keiner von denen.«

Ein paar Schritte gingen sie schweigend nebeneinander her.

»Was haben wir übersehen?«, fragte die Chefin. Grübelnd legte sie die Stirn in Falten. Schließlich entspannte sich ihre Miene etwas.

»Wie laufen denn unsere anderen Aktivitäten?«

»Schlecht«, stöhnte Tom. »Weder am Bahnhof noch sonst irgendwo sind einigermaßen geregelte Geschäfte möglich. Die Bullen sind überall.«

»Was sagen die Kunden dazu?«

»Die sind sauer«, antwortete Tom. »Aber nicht nur die. Egal wer, Nutten, Einbrecher, alle leiden darunter.«

Tom tat so, als schaue er in das Schaufenster eines Trödelladens, um unauffällig die Straße vor und hinter ihnen überprüfen zu können. Oder interessierten ihn die alten Vasen wirklich? Die Chefin war sich nicht sicher.

»Ich habe gehört«, fuhr er fort, »dass sich sogar Ladendiebe kaum noch auf die Straße trauen. Sie haben Angst, verhaftet und verhört zu werden.«

Die Chefin sagte nichts. Die verdammten Ladendiebe waren ihr scheißegal. Alle waren ihr scheißegal. Das einzige, was sie interessierte, waren ihre eigenen Geschäfte. Und das Geld. Falls sie es nicht bald fand, geriet ihr Unternehmen in eine finanzielle Schieflage. Mitten in einer konjunkturellen Flaute waren ihr die Reserven verloren gegangen.

»Ich frage mich«, sagte Tom ganz leise, »ob das noch lange gut geht. Ich meine, die haben alle Angst vor Ihnen, aber irgendwann redet vielleicht doch irgendeiner.«

»Wer denn?«, fragte die Chefin. »Weiß doch keiner was.«

Sie drehten um und gingen zurück in Richtung Laden.

»Außer uns«, fügte sie trocken hinzu.

Wortlos legten sie den Rest des Weges zurück. Der Maurer war inzwischen weg. Als sie durch die Tür traten, betrachtete die Chefin als erstes den zerfetzten Teppich, dann die noch immer schief in ihren Angeln hängende Tür zum Büro. Dahinter lauerte das Chaos. Zerrissene Tapeten, abgeplatzter Putz und Berge von Schutt. Da nur sie und ihre Mitarbeiter diesen Raum betreten durften, war hier noch nichts gemacht worden. Das Geld war wirklich knapp im Moment.

Unglaublich, was so eine Bombe für einen Dreck machte.

Die Chefin hatte keine Lust, in ihr Büro zu gehen. Sie überlegte, ob sie sich unter einem Vorwand noch eine Weile im Laden rumdrücken sollte. Aber das war genauso deprimierend.

»Sagt mal«, sie räusperte sich, »was haltet ihr davon, einen Cocktail trinken zu gehen?«

Tom und André schauten erst sie und dann einander erstaunt an. Kein Wunder, sie konnte sich selbst nicht erinnern, so was schon mal vorgeschlagen zu haben.

»Ist zwar erst 17 Uhr, aber egal. Hier läuft doch eh nichts. Wir machen den Laden einfach dicht für heute.«

»Einverstanden«, sagte Tom, und André nickte und legte sein Comicheft weg.

Sie stiegen ins Auto und fuhren zum *Blue Lagoon*. Aber als sie dort ankamen, und die Chefin durch die Scheibe hineinsah, hatte sie doch keine Lust reinzugehen. Der Laden war voll mit Nachwuchskriminellen in teuren Trainingsanzügen, die sich ultratough gaben.

Sie befahl Tom, den Motor wieder anzulassen und weiterzufahren. Aber wohin?

Als sie den Ostertorsteinweg kreuzten, kam der Chefin in den Sinn, dass es dort in der Nähe ein Café gab, das sie früher häufiger besucht hatte. Ganz am Anfang, als sie eine kleine Koksdealerin gewesen war, hatte sie dort hin und wieder ihre Kunden getroffen. Sie dirigierte Tom zu dem Laden und stellte fest, dass es ihn noch gab.

Drinnen schien sich fast nichts verändert zu haben. Die Möbel waren die gleichen, nur die Wände waren anders gestrichen, gelb und nicht weiß. Und oben, etwa einen halben Meter unterhalb der Decke, lief jetzt eine Bordüre entlang. Das Publikum war noch genauso wie damals zwischen siebzehn und fünfundzwanzig Jahre alt.

In einer Ecke saßen an getrennten Tischen ein Junge und ein Mädchen direkt nebeneinander. Das Mädchen las in einem Buch, anscheinend einem lustigen. Lachend sah sie auf, und ihr Blick traf zufällig den des Jungen neben ihr. Beide schauten betreten weg.

Die Chefin entschied sich für einen Tisch an der Wand mit freier Sicht auf die beiden.

Zweiundzwanzig
Blick vom anderen Ufer

Neben dem Schwesternzimmer hing ein Spiegel. Heino warf einen Blick hinein. Sein Schnurrbart wirkte strubblig. Er zupfte daran herum, um ihn zu glätten.

»Hör auf«, sagte Andreas, »du siehst männlich genug aus.«

Heino lachte und nahm Andreas in den Arm.

»Danke, Schatz.«

Er küsste ihn auf den Mund. In diesem Moment öffnete sich eine Tür und eine streng gekleidete Krankenschwester trat heraus. Schroff zog sie die Luft ein, aber die beiden waren schon zu alt, um sich davon noch beeinflussen zu lassen. Weder zuckten sie zurück noch erlagen sie der Versuchung, sich als Reaktion besonders obszön zu benehmen.

Die Schwester verschwand wieder.

»Wie lange dauert das noch?«, fragte Andreas. »Ich dachte, er müsse nur ein paar Papiere unterschreiben. Wahrscheinlich heult er denen noch was vor. Das war mir gerade schon fast zu viel.«

Er verzog das Gesicht.

»Wenn Ludwig so weitermacht…, ich meine, im Grunde sind wir doch gar nicht so gute Freunde.«

»Reiß dich zusammen«, antwortete Heino. »Du weißt, er hat niemanden außer uns.«

In Andreas' Gesicht kämpften der Na-und-er-nervt-trotzdem- und der Ja-ich-weiß-dass-du-recht-hast-Ausdruck miteinander.

Heino versuchte, seinen Freund zu beruhigen.

»Wir machen einen kleinen Spaziergang mit ihm, bringen ihn nach Hause, trinken maximal noch einen Kaffee mit und hauen dann ab.«

Heino nahm Andreas in den Arm.

»Das wirst du doch durchhalten.«

»O.k.«, antwortete dieser, »aber wirklich nicht mehr als einen Kaffee.«

Ein gutaussehender Pfleger kam vorbei. Sie schauten ihm interessiert hinterher. Die Pflegerklamotten waren hintenherum nicht vorteilhaft geschnitten.

Endlich kam Ludwig. Er sah jämmerlich aus. Allein seine alte Kleidung hätte schon Mitleid erweckt. In Verbindung mit dem geschienten Arm und dem zerschlagenen Gesicht war es kaum auszuhalten.

»Lasst uns gehen«, sagte er, »wo sind meine Sachen?«

Ohne Anstalten zu machen, Ludwig behilflich zu sein, deutete Andreas auf eine Bank, wo zwei große Plastiktüten standen. Heino verengte seine Augen zu Schlitzen, um Andreas seine Missbilligung zu zeigen. Bevor Ludwig auch nur einen Schritt in Richtung Bank machen konnte, war Heino schon dort.

»Ich nehme sie.«

Als sie aus dem Klinikum Bremen-Mitte rauskamen, schien die Sonne. Sie nahmen die Straßenbahn in Richtung Innenstadt. In der Obernstraße stiegen sie aus und machten einen Schaufensterbummel. Ludwig war für seine Verhältnisse relativ gut drauf. Er lachte sogar ein oder zwei Mal und jammerte nicht.

An allen Fenstern klebten Schlussverkaufsschilder, und es waren eine Menge Menschen unterwegs.

Ludwig ging nah an ein Fenster heran, um sich eine herabgesetzte Hose anzuschauen. Dabei sah er sein Spiegelbild in der Scheibe.

Ein riesiger Verband bedeckte seinen kahlrasierten Kopf und eines seiner Augen. Das andere war tiefviolett. Eine große Hautabschürfung verunzierte seine Wange. Sie war von der Jodtinktur ganz braun. Seine Lippen waren geschwollen und auch seine Kleidung sah scheußlich aus. Sie war abgewetzt und aus der

Mode, so wie er selbst.

»Oh Gott«, sagte er und drehte sich um, »ich bin eine Vogelscheuche.«

Hilflos schaute Andreas schnell weg.

»Ach was«, antwortete Heino, »in ein paar Tagen ist das wieder gut.«

»Guck dir das an«, Ludwig zeigte auf ein Loch in seinem Hemd, »ich bin völlig runtergekommen.«

Heino fiel darauf keine passende Antwort ein, also schwieg er.

Ludwig wandte sich wieder seinem Spiegelbild zu. Mit den Fingern strich er über die Abschürfung. Langsam verzog sich sein Gesicht.

»Was ist nur passiert? Ich sah doch total gut aus.«

Er fing an zu weinen.

»Ich war beliebt. Wisst ihr noch, damals, als ich Barkeeper im *Battery* war? Ich habe drei Mal die Wahl zum schönsten Barkeeper gewonnen. Nie musste ich allein schlafen. Und jetzt habe ich niemanden und lebe von Hartz IV.«

Andreas ging spürbar auf Distanz.

»Hey«, versuchte Heino, Ludwig zu beruhigen, »du bist nicht allein. Wir sind doch da.«

»Was ist nur schiefgelaufen?«, schluchzte Ludwig.

»Vielleicht«, mischte sich Andreas ein, »hättest du, anstatt immer nur Drogen zu fressen und tanzen zu gehen, mal dein Studium abschließen sollen.«

Ludwig zuckte zusammen.

»Was meinst du damit?«

»Jeder weiß doch, dass Barkeeper kein Job für die Ewigkeit ist.«

Ludwig verbarg sein Gesicht in den Händen. Seine Schultern zuckten. Passanten fingen an, sich nach ihnen umzudrehen.

Heino nahm Ludwig in den Arm.

»Das bringt doch nichts. Lass uns zu dir nach Hause gehen und einen Kaffee trinken. Dann geht es dir schon besser.«

Ludwig legte seinen Kopf an Heinos Schulter.

»Nein. Ich will nicht zurück in dieses Rattenloch.«

Offenbar wusste Heino nicht, was er sagen sollte. Mit den Augen versuchte er, Andreas zu signalisieren, dass er Hilfe brauchte. Aber Andreas hielt sich abseits und sah verstockt aus. Heino tätschelte Ludwigs Rücken. Plötzlich hob Ludwig den Kopf.

»Wie wär's, wenn wir noch irgendwo im Viertel einen Kaffee trinken? Wir könnten ins *Error* gehen.«

In Andreas' Miene zeichnete sich Panik ab. Wild gestikulierte er hinter Ludwigs Rücken herum, um Heino klarzumachen, dass er auf keinen Fall mitkommen würde. Heino selbst schien auch nicht wohl bei dem Gedanken, mit einem heulenden Ludwig in einem Café sitzen zu müssen.

»Ich weiß nicht, das ist nicht mehr so billig wie damals, und du hast kein Geld.«

»Das ist es mir wert«, sagte Ludwig. »Ich will auch mal was erleben.«

»Also, weißt du«, versuchte Heino es weiter, »inzwischen sind wir, glaube ich, zu alt für den Laden.«

»Das tut mir jetzt aber leid«, sagte Andreas voll falscher Freundlichkeit, »wir können nicht, haben noch eine Verabredung.«

»Aber«, sagte Ludwig, »ihr habt doch vorgeschlagen, noch einen Kaffee zu trinken.«

»Nein, beziehungsweise ja«, redete sich Andreas heraus, »aber da war uns nicht klar, wie spät es schon ist. Wir müssen los.«

Andreas zog Heino am Arm.

»Los, komm.«

Heino zögerte, aber dann reichte er Ludwig seine Tüten, und die beiden zogen ab.

Ludwig überlegte, was er nun tun sollte. Er beschloss, allein ins *Error* zu gehen. Eine Tasse Kaffee würde ihn jetzt aufbauen. Und dazu ein Stück Karottentorte mit Schlagsahne!

Im *Error* war es relativ leer. Es gab einen freien Tisch, der genau von der Sonne beschienen wurde. Dorthin setzte er sich.

Die Bedienung nahm seine Bestellung auf und verschwand. Er lehnte sich zurück und schloss das unverbundene Auge. Die warmen Sonnenstrahlen streichelten sein Gesicht. Ludwig träumte, er sei wieder neunzehn.

»Ludwig?«, fragte eine Stimme, und er war sich nicht sicher, ob sie zu dem Traum gehörte oder nicht. Der Klang der Stimme kam ihm vertraut vor, zugleich aber auch fremd.

Wem gehörte diese Stimme nur?

»Ludwig? Bist du das?«

Da war sie schon wieder, diese Stimme.

Vorsichtig öffnete er das unverbundene Auge. Eine Frau vom Nebentisch beugte sich zu ihm herüber.

Nach einer Weile dämmerte es ihm.

»Ute?«

Er ließ den Blick über ihre Begleiter schweifen. Die machten keinen freundlichen Eindruck.

Ute stand auf und setzte sich zu ihm.

»Mensch Ludwig, wie lange ist das her? Zwanzig Jahre?«

»Kann gut sein«, meinte er. »Was trägst du denn für teure Klamotten? Bist du noch im Geschäft?«

»Nein, eigentlich nicht. Keine Privatkunden mehr. Also, wenn du was haben willst, bei mir bist du falsch. Ich mache jetzt Import-Export.«

Mit einem etwas gezwungenen Lächeln zeigte Ludwig auf seine Kleidung.

»Ich könnte es mir sowieso nicht leisten.«

Ute musterte ihn von oben bis unten.

»Du siehst insgesamt nicht so aus, als ginge es dir gut.«

Ihr Blick verweilte auf der Schiene und dem Verband.

»Hattest du einen Unfall?«

Ludwig schüttelte den Kopf. Plötzlich schien ihn der Bierdeckelhalter unheimlich zu interessieren. Ludwig nestelte daran herum, ohne etwas zu antworten. Er überlegte krampfhaft, was er sagen sollte.

»Nein«, sagte er schließlich, »ich war im Park.«

Ute sah ihn verständnislos an.

»Ich war im Park«, wiederholte er, »um«, er zögerte, »Freunde zu treffen.«

Ute verstand offenbar immer noch nicht.

»Das ist so ’n Treffpunkt für Männer.«

»Wie«, sagte Ute. »Du? Du hattest doch immer Verehrer ohne Ende!«

»Ja früher«, Ludwigs Stimme klang heiser. Sehr leise sprach er weiter.

»Als wir im Gebüsch waren, kamen plötzlich fünf Typen mit Knüppeln. Ich war eine Woche im Krankenhaus.«

»Verdammt«, antwortete Ute, »wer macht denn so was?«

Und das war keine Small-Talk-Frage und auch keine rhetorische Phrase. Kaum eine halbe Stunde später setzte sie Tom und André darauf an, genau das zu klären. Sie hatte nämlich den Verdacht, bei ihren bisherigen Ermittlungen zum Verbleib des Geldkoffers in eine völlig falsche Richtung gedacht zu haben.

Dreiundzwanzig
Harte Jungs?

Tom und André parkten den Wagen direkt vor der Kneipe. Durch das Fenster konnten sie erkennen, dass es trotz fortgeschrittener Stunde noch recht leer war. Der Barkeeper war in ein Gespräch mit seinen Gästen vertieft, einer Gruppe von Leuten, die überwiegend aussahen, als wären sie nicht älter als siebzehn Jahre. Tom und André gingen rein. Abrupt endete das Gespräch und alle Blicke richteten sich auf sie.

Es gab einen kurzen Moment der Stille. Dann nahmen die Jungs ihr Gespräch wieder auf, redeten dabei aber auffallend laut. Es machte nicht den Eindruck, als ob Fremde hier willkommen waren.

Tom und André nahmen in einigem Abstand von der Gruppe Platz an der Bar.

Es dauerte eine ganze Weile, bis der Barkeeper sich lösen konnte und langsam zu ihnen herüberkam. Er war hager und wirkte, als würde er die Sonne in der Regel nur durch die Scheiben seiner Kneipe sehen. Der Mann bequemte sich nicht mal, den Mund aufzumachen, sondern guckte nur fragend.

»Eine Fanta«, bestellte Tom. Der Blick des Barkeepers schwenkte zu André.

»Er nimmt dasselbe«, ergänzte Tom.

Abschätzig grinste der Barkeeper, holte eine Flasche aus dem Kühlschrank und füllte zwei Gläser.

»Nicht viel los hier«, sagte Tom. Der Barkeeper kräuselte bestätigend die Stirn.

»Habe gehört, hier geht's rund. Jetzt bin ich ein bisschen enttäuscht.«

Ohne zu antworten, drehte der Hagere sich um und wollte wieder zurück zu den anderen Gästen.

»Moment!« Tom hielt ihn an der Schürze fest.

»Ich habe auch gehört, hier sind coole Kerle, die wissen, wie man sich amüsiert. Die gehen in den Park und machen Schwuchteln platt.«

Der Hagere drehte sich um.

»Ist das 'ne Frage?«

»Ja schon«, antwortete Tom, »das klingt lustig. Da würden wir gerne mal mitmachen.«

Der Barkeeper musterte Tom. Dann wendete er seinen Blick André zu. André trank zufrieden seine Fanta und machte den Eindruck, als würde er gar nicht zuhören.

Das Gesicht des Barkeepers legte sich in Falten. Es schien, als würde er nachdenken. Offensichtlich war es ungewohnt für ihn und außerdem schmerzhaft.

»Seid ihr Bullen?«, fragte er schließlich.

Tom lachte.

»Bullen! Wir? Quatsch! Bullen trinken doch Mineralwasser.«

Er lachte wieder.

»Nein, wir sind keine Bullen. Eigentlich im Gegenteil.«

Tom stieß André an.

»Hast du das gehört?«

André reagierte überhaupt nicht. Er war konzentriert damit beschäftigt, mit dem Fingernagel Rillen in einen Bierdeckel zu ritzen.

Der Hagere drehte sich weg.

»He«, brüllte er seinen minderjährigen Gästen zu, »die stellen ganz komische Fragen.«

Die Jungs hörten auf zu reden und sahen Tom und André an.

»Die behaupten, sie wollten mitkommen beim Schwulenklatschen.«

Einer der Jungs stand auf. Scheinbar war er so eine Art Anführer. André löste den Blick von seinem Bierdeckel und schaute ihn an. Fast schien sich so etwas wie Interesse in seinem Gesicht zu spiegeln.

»Was, ihr?«, fragte der Junge. »Ihr seid doch selber…«

Er konnte den Satz nicht beenden, denn André war von seinem Barhocker geschnellt, als sei der ein Katapult. Er kam auf den Jungen zu mit der Wucht eines Tsunami. Der Junge konnte nicht mal abwehrend die

Arme heben, da traf ihn schon ein Schwinger am Kinn und dann explodierte eine Granate in seinem Bauch. Noch während er fiel, trat ihm André zwei Mal gegen den Kopf. Als der Junge auf dem Boden lag, merkte er, wie er am T-Shirt gepackt und hochgezogen wurde. Eine Stimme, dunkel und kratzig, sagte: »Halt's Maul!«

Die Stimme schien aus Andrés Mund zu kommen. Der Junge sah in die Augen, die zu der Stimme gehörten und sah den Tod.

Die anderen Jungs und der Barkeeper waren erstarrt. In Zeitlupe drehte sich der Barkeeper zu Tom um und öffnete den Mund, aber es kam nichts heraus.

Tom lächelte immer noch freundlich.

»Sind das die Leute, die wir suchen?«

»Wer?«, stammelte der Barkeeper.

Mit einem einzigen Satz sprang Tom vom Barhocker über den Tresen, griff eine leere Bierflasche und schlug sie dem Hageren ins Gesicht. Die Haut schien zu zerplatzen, Blut schoss aus etlichen Schnittwunden. Der Mund des Mannes öffnete sich zu einem Schrei, aber noch bevor er schreien konnte, packte Tom ihn an den Haaren und tauchte seinen Kopf in das volle Spülbecken. Die jugendlichen Gäste drängten sich am anderen Ende der Theke zusammen, die Gesichter schreckverzerrt.

Tom grinste sie an.

»Na Jungs, amüsiert ihr euch? Wollt ihr mitmachen?«

Er bekam keine Antwort. Das Wasser in der Spüle färbte sich rot. Der Barkeeper zappelte, aber er konnte sich nicht aus Toms Griff befreien. Tom hielt seinen Kopf lange unter Wasser, sehr lange. Als er ihn schließlich herauszog, atmete der Mann so tief ein, dass es schien, seine Lungen müssten platzen.

»Raus damit, Wichser«, sagte Tom, »sind das die Penner, die ich suche?«

»Ja«, keuchte der Barkeeper, »das sind sie.«

André machte ein paar Schritte auf die Gruppe zu, während Tom den Barkeeper wieder untertauchte.

»Endlich kommen wir weiter«, sagte Tom mit tiefer Befriedigung.

»Sagt mal Jungs, wart ihr am 10. Mai zufällig auch im Park? Habt ihr da auch euren Spaß mit den Schwuchteln getrieben?«

Niemand antwortete. Erst als André noch einen Schritt auf sie zumachte, brüllte einer: »Nein.«

Ein anderer rief: »Bestimmt nicht.«

»Ich verspreche, dass ich jeden belohnen werde, der mir einen Hinweis gibt«, sagte Tom. »Solltet ihr mich dagegen anlügen…« Er zog den Kopf des Barkeepers aus dem Becken, sah ihn abschätzend an und tauchte ihn noch einmal unter.

»Nein, wir wissen nichts«, brüllten die Jungs im Chor.

»Kann ich mich darauf verlassen? Seid ihr wirklich ehrlich?«

Die Jungs nickten, ihre Augen waren angstgeweitet.

»O.k.«, meinte Tom, »ich will euch glauben. Aber nur deshalb, weil ich euch für Kackschlappen halte.«

Er ließ den Barkeeper los, der japsend auf die Knie fiel. Tom trat ihm ins Gesicht. Sein Kopf knallte gegen die Theke, er kippte um und blieb regungslos liegen.

»Finde ich heraus, dass ihr mich belogen habt, komme ich wieder. Und dann bin ich weniger gut gelaunt.«

Tom gab André ein Zeichen. André packte den nächstbesten der Jungen an den Haaren und verpasste ihm einen Schlag, der seine Nase brach. Ein Blutschwall ergoss sich über das Shirt des Jungen. André wandte sich von der Gruppe ab und ging zur Tür.

Die beiden verschwanden. Die Jungs blieben zurück, ohne richtig verstanden zu haben, was passiert war. An diesem Abend gingen sie sehr früh und auf direktem Weg nach Hause.

Tom und André besuchten noch ein paar andere Orte und stellten ihre Fragen. Auch dort mussten sie grob werden, um die gewünschten Informationen zu bekommen. Letztendlich brachte es sie aber nicht weiter. Keiner der Leute, auf die sie trafen, schien ihnen Manns genug, Olli zu erledigen. Obwohl ihnen natürlich schon klar war, dass man auch den Stärksten der Starken erledigen kann, wenn man ihn überrascht und in der Überzahl ist. Und darauf legten es diese Penner ja an, wenn sie in den Park zogen. Aber Tom war sich sicher, dass keiner der Typen, die er an diesem Tag befragt hatte, in der Lage gewesen wäre, es für sich zu behalten, wenn er bei der Sache mit Olli dabei gewesen wäre. Schließlich landeten sie im *Bier-Eck*, nahe der Discomeile. Es bestand aus einem sehr kleinen Raum mit einer kurzen Theke, sechs Barhockern und drei Stehtischen. Alles war unglaublich heruntergekommen. Inzwischen war es spät und der Laden leer, weder Gäste noch Personal waren zu sehen. Tom und André ließen sich an der Bar nieder und warteten. Nach einer Weile kam ein kleiner dicker Mann mit Glatze und einer Kiste Bier aus einem Nebenraum.

Als er Tom und André sah, blieb er stehen. Es sah fast so aus, als wolle er wieder umkehren. Dann fing er jedoch an zu lächeln.

»Hey Tom, was machst du denn hier?«

Seine Stimme war freundlich, aber es wirkte nicht echt.

»Mensch Erwin«, Tom war ehrlich überrascht, »lange nicht gesehen. Arbeitest du jetzt hier? Warum denn das? Du hattest doch mal einen eigenen Laden.«

»Ja«, Erwin setzte sich wieder in Bewegung. Er öffnete den Kühlschrank und fing an, die Flaschen hineinzustopfen. »Das *Thunderbird* wurde doch von der Polizei geschlossen.«

»Schade«, sagte Tom, »da ging's jeden Abend rund.«

»Das war der Grund«, antwortete Erwin.

»Verdammt harte Zeiten für kleine Unternehmer.« Tom wandte sich André zu.

»Nimmst du noch 'ne Fanta?«

André nickte.

»Ich glaube«, grübelnd sah Tom die hinter der Theke aufgehängte Getränkekarte an, »ich trinke zur Abwechslung mal 'ne Cola.«

Erwin nahm zwei Gläser und goss das Gewünschte ein. Er bemerkte, dass André ihn beobachtete und goss noch mal nach.

»Ist dein Freund in Ordnung?«, fragte er. »Spricht wohl nicht so viel!«

»Ja, er ist in Ordnung, wenn man ihn nicht ärgert.«

Tom warf einen kurzen Seitenblick auf André. »Aber mach nach Möglichkeit keine schnellen Bewegungen.«

Als Erwin die Getränke vor den beiden auf die Theke stellte, zitterten seine Hände, und er verschüttete ein bisschen.

»Hör mal«, sagte Tom, »wir brauchen ein paar Informationen.«

Erwin reagierte nicht.

»Wir suchen nach Leuten, die im Park Schwule plattmachen.«

Erwin schien nicht zu verstehen.

»Schwule? Im Park? Wer macht denn so was?!«

»Ganz deiner Meinung«, Tom schlug auf die Theke, und Erwin zuckte zusammen, »für mich wäre das auch nichts.«

Er nahm einen Schluck Cola.

»Aber anscheinend ist das gar nicht so selten. Unglaublich, wie viele solcher Typen es gibt. Wir recherchieren schon den ganzen Abend in dieser Sache. Das war Schwerarbeit. Ich glaube, André hat heute so viele Nasen gebrochen wie sonst in einem Jahr. Und dabei haben wir zufällig gehört, dass sich solche Leute hier gelegentlich aufhalten. Stimmt's, André?«

Tom warf André einen Blick zu. André nickte und fing an, mit dem Fingernagel Rillen in den Untersetzer zu ritzen.

»Deshalb sind wir froh, dich hier zu treffen, weil, wir kennen uns doch. Manche Barkeeper, die wir heute getroffen haben, waren nicht sehr kooperativ.«

André nickte wieder.

Erwin wischte sich mit dem an seinem Gürtel hängenden Geschirrhandtuch über die Stirn.

»Waren sie nicht?«

»Nein«, sagte Tom. »Teilweise mussten wir sehr direkt werden, um an unsere Informationen zu kommen.«

André zerdrückte mühelos mit der Hand den Bierdeckel, ohne Erwin anzusehen.

»Die Leute, die wir suchen, müssten schon ein bisschen gefährlicher sein als der Durchschnittspöbel, der sich in dieser Stadt so rumtreibt. Keine Kinder, die zu zehnt losziehen, weil sie sich sonst vor Angst in die Hosen scheißen. Und sie haben sich in letzter Zeit vielleicht etwas komisch oder ungewöhnlich benommen.«

Erwin putzte die Theke.

»Was wollt ihr denn von denen?«

»Ach!« Tom machte eine abwehrende Handbewegung. »Fast nichts. Das ist mehr persönlich. Denk darüber nicht nach.«

Toms Lächeln wirkte fast vertrauenerweckend.

Erwin zögerte, aber dann siegte wohl doch die Angst.

»Ja, hier kommen manchmal zwei, drei so junge Männer her. Waren aber schon 'ne Weile nicht mehr da. Habe vor ein paar Tagen gehört, dass der Kumpel von einem davon ermordet wurde.«

»Mensch«, rief Tom, »ermordet? Das ist aber wirklich ungewöhnlich. Die Rechtlosigkeit greift in diesem Land mehr und mehr um sich. Weißt du, wie die heißen?«

Vierundzwanzig
Es wird eng

Langsam rieselte der Schnee auf den Alphornbläser und seine in Tracht gekleidete Familie. Schließlich war die letzte Flocke gefallen. Fröhlich lächelten die Plastikgesichter. Pig schüttelte das Schneeglas erneut.

Seiner Erinnerung nach war früher mehr Schnee in den Dingern gewesen. Wenn man sie schüttelte, wurde es richtig weiß. Pig stellte das Glas wieder hin und griff nach der Porzellanfigur eines portugiesischen Fischers. Tief beugte er sich über die Reling seines Porzellanbootes. Kleine Porzellanfische zappelten in seinem Porzellannetz.

»Hey«, sagte Axel, der eben zur Tür hereinkam, »ich habe dir gesagt, du sollst die Scheiße nicht anfassen.«

Pig schluckte runter, was ihm auf der Zunge lag, und stellte die Figur wieder hin.

»Verdammt langweilig hier«, meinte er stattdessen, »und heiß. Aus dem Fenster darf man gar nicht sehen. Die ganze Zeit pisst es und jetzt, wo wir hier festsitzen: schönster Sonnenschein.«

Axel schaltete den Fernseher mit der Fernbedienung ein. Es kam die Sendung mit der Maus. Pig wandte sich wieder der Vitrine zu. Hinter dem Schneeglas stand ein gerahmtes Foto einer Familie. Vater, Mutter und ein kleines Kind posierten an irgendeinem Strand. Pig warf dem Bild einen grimmigen Blick zu.

»Nicht mal Kabel haben die«, stöhnte er. »Woher kennst du die überhaupt?«

»Tischtennisverein«, antwortete Axel und schaltete um zu einer Court-Show. »Die werden überrascht sein, wenn sie zurückkommen und feststellen, dass ich nicht nur die Blumen gieße, sondern gleich eingezogen bin.« Axel atmete tief ein. »Na ja, sind zum Glück noch zwei Wochen weg.«

»Vier Tage«, Pig stöhnte, »vier Tage sind wir jetzt hier. Ich kann bald nicht mehr.«

Axel zuckte mit den Schultern und schaltete erneut um. Er drückte den Stummknopf.

»Du hast recht. Wahrscheinlich ist es sowieso sinnlos, sich zu verstecken. Wir sollten die Stadt verlassen.«

»Nein«, entgegnete Pig etwas zu laut. Leiser fuhr er fort: »Nein, das wollte ich nicht sagen. Wenn wir abhauen, dann geht es uns wie Haase. Wir müssen nur abwarten, dann erledigen die sich gegenseitig.«

»Hoffentlich«, meinte Axel. Er zog die Pistole aus dem Hosenbund und wog sie in der Hand. »Ich kann es immer noch nicht glauben, dass ich das getan haben soll.« Er schloss die Augen. »Wenn ich mich doch wenigstens erinnern könnte.«

»Ich habe heute 'ne Klausur«, sagte Pig. »Volkswirtschaftslehre. Die ist eigentlich recht wichtig.«

Axel hob die Kanone und zielte durch das Fenster auf irgendetwas. Er ließ sie wieder sinken.

»Na und? Wir haben alle unsere Probleme! Ich wollte eigentlich Astronaut werden, jetzt sitze ich hier.«

»Das stimmt nicht«, Pig klang etwas gereizt. »Ich

kenne dich seit der Grundschule. Von so was hast du nie gesprochen.«

Axel richtete die Pistole auf den Fernseher.

»Außerdem bist du doch schuld, dass wir hier sind. Du hast ihn abgeknallt. Und leg die verdammte Knarre weg. Die macht mich nervös.«

Ohne die Pistole zu senken, sah Axel Pig an, und ein harter Zug trat in sein Gesicht.

»Ist das so? Dann erzähl doch noch mal! Du weißt, ich kann mich nicht erinnern. Wie kam ich in diesen Park? Wessen Idee war es, da hinzugehen?«

Pig sah schnell weg, hatte aber das Gefühl, trotzdem noch Axels Blick zu spüren. Besser, er hielt den Mund.

Axel legte die Kanone neben sich auf die Couch und schaltete den Ton des Fernsehers wieder ein. Eine Weile schwiegen beide, nur die Geräusche einer japanischen Anime-Serie waren zu hören. Mitten im Finale eines spannenden Kung-Fu-Kampfes zwischen fünfjährigen Kindern klingelte das Telefon.

Die beiden reagierten nicht. Nach etwa zwölf Mal klingeln hörte es auf, aber nach einer halben Minute ging es wieder los. Dieses Mal schien es nicht aufhören zu wollen.

»Vielleicht«, Pigs Stimme klang unsicher, »sollten wir rangehen. Scheint dringend zu sein.«

»Wieso?«, fragte Axel. »Weiß doch keiner, dass wir hier sind. Nicht mal meine Mutter.«

Er sah Pig an. Pig merkte, wie ein Muskel in seinem Gesicht zuckte.

»Oder hast du es irgendwem gesagt?«

»Ich?«, fragte Pig. »Natürlich nicht! Bin doch nicht bescheuert!«

Das Telefon gab keine Ruhe.

»Gut«, sagte Axel, »ich gehe ran.«

Aber bevor er sich auch nur von der Couch erheben konnte, war Pig schon im Flur und hatte den Hörer in der Hand. Axel wirkte irritiert.

»Ja?«, meldete sich Pig.

»Christian, endlich erreiche ich dich. Hier ist Nicole.«

Pig merkte, das Axel ihn genau beobachtete.

»Ich glaube, Sie haben sich verwählt.«

»Hier waren zwei Männer, die haben nach dir gefragt. Papa hat gesagt, er weiß nicht, wo du bist. Die sahen echt fies aus.«

Pig wurde sehr warm.

»Tut mir leid, den kenne ich nicht. Wie gesagt…«

Seine Schwester unterbrach ihn.

»Christian, bitte, das ist kein Spaß. Sag mir, was los ist. Bist du in Schwierigkeiten?«

»Keine Ursache, kann doch jedem passieren.«

Er legte auf und lächelte Axel an.

»Falsche Nummer.«

Zweifelnd zog Axel eine Augenbraue hoch.

»Ganz schön hartnäckig für einen Fehlanruf. Wen wollten sie denn?«

»Potblitzky oder so ähnlich. Um ehrlich zu sein, ich glaube, die Frau war total betrunken. Hat richtig gelallt.«

»Vielleicht«, überlegte Axel, »waren die das. Haben uns gefunden und wollen wissen, ob wir da sind. Kommt mir komisch vor, dieser Anruf.«

»Ach was«, wehrte Pig ab.

Axel machte keinen überzeugten Eindruck.

Pig gab vor, auf die Toilette zu müssen.

Im Bad verschwand das Lächeln von seinem Gesicht. Kurz weiteten sich seine Augen. Er hatte Angst. Eine Weile stand er einfach nur da und betrachtete sein Spiegelbild. Verdammt, sie waren ihnen auf der Spur. Und früher oder später würden Axel und er gefunden werden. Er dachte nach. Was konnte man tun? Besser, er erzählte Axel nichts. Alleine hatte er eher Chancen rauszukommen. Pig straffte sich. Jedenfalls musste er hier weg. Er ging zum Fenster und beobachtete sorgfältig die Straße. Es war niemand zu sehen, der verdächtig aussah, noch nicht. Pig drehte sich um und verließ das Bad.

»Na endlich«, sagte Axel. »Dachte schon, du bist eingeschlafen.«

»Ich glaube«, Pig ging gar nicht darauf ein, »wir sind beide ein bisschen nervös. Ich hol mal Bier. Nach ein paar Flaschen wird es uns besser gehen.«

»Wir hatten doch vereinbart, dass wir hier bleiben und uns ruhig verhalten!«

»Ich gehe doch nur kurz um die Ecke zum Supermarkt an der H.-H.-Meier-Allee. Was soll da passieren?«, entgegnete Pig. »Wir brauchen sowieso Lebensmittel. Brot und Aufschnitt und so.«

»O.k.«, meinte Axel, »dann komme ich mit. Käme auch gern mal raus.«

»Nein, das ist dann doch zu auffällig. Keine Sorge, ich bin gleich wieder da.«

Zwar schien Axel nicht überzeugt, aber Pig setzte sich durch. Er verließ das Haus und zwang sich, nicht allzu schnell zu gehen, obwohl es ihm sehr schwer viel. Vielleicht beobachtete Axel ihn vom Fenster aus. Pig schlenderte die Melchersstraße hinunter. An der nächsten Ecke musste er rechts, um zum Supermarkt zu kommen.

Ganz gemütlich ging Pig um die Ecke. Axel hatte ihm sein Handy abgenommen. Aber auf der linken Seite der Wätjenstraße war eine Telefonzelle. Mit einem Blick über die Schulter überprüfte Pig, ob Axel ihn vom Fenster der Wohnung aus noch sehen konnte. Er konnte nicht. Pig lief über die Straße.

Er riss erst die Tür der Telefonzelle auf und dann den Hörer von der Gabel. Hastig warf er ein paar Münzen ein und wählte.

Es klingelte und klingelte. Hoffentlich ging nicht sein Vater ran.

»Hallo«, meldete sich Nicole.

»Hallo«, Pig versuchte möglichst normal zu klingen. »Tut mir leid, ich konnte gerade nicht sprechen. Hör mal…«

Nicole unterbrach ihn mit einem Schwall von Vorwürfen und Fragen.

»Nein, reg dich nicht auf. Alles halb so wild, pass auf…«

Wieder wurde er unterbrochen.

»Jetzt sei mal still«, die Anspannung kam jetzt doch in seiner Stimme durch, »ich habe nicht viel Zeit. Kannst du mir Geld leihen?«

Die Antwort war negativ, gefolgt von einem Haufen Fragen, wozu er das Geld brauche und ob es schlimme Konsequenzen habe, dass sie ihm keines geben könne.

»Nein«, versuchte er zu beschwichtigen. »Kein Problem, ein Kumpel schuldet mir noch was, da werde ich…«

Wieder unterbrach ihn Nicole und wollte endlich wissen, was los sei. Dieses Mal hatte Pig weniger Geduld.

»Verdammt! Mach hier keine Panik. Es ist alles in Ordnung, glaub mir. Ich ruf dich an. Tschüss!«

Pig knallte den Hörer auf die Gabel und stürzte aus der Telefonzelle. Er musste schnell zu Jens. Pig wartete vor der Ecke zur Melchersstraße bis ein Lastwagen kam. Dann überquerte er die Kreuzung in dessen Deckung, damit Axel ihn nicht sah, falls er zufällig noch aus dem Fenster schaute. Ein Stück die Straße runter bog er links in einen der schmalen Fußwege zwischen den Häusern ein und kam so zum Johanne-Kippenberger-Weg.

Als er losgerannt war, hatte er kurzzeitig seine Angst vergessen, weil er ein Ziel hatte. Doch als er jetzt an der Friedhofsstraße stand, die ihn zur Riensberger Straße bringen sollte, fingen seine Nerven plötzlich an, ein bisschen verrücktzuspielen. Er beschloss, besser über den Friedhof zu gehen als über die offene Straße. Doch als er diesen betreten hatte, gingen ihm vollends die Nerven durch und er fing an zu rennen. Ein paar betagte Friedhofsbesucher sahen ihm missbilligend nach. Mit Sicherheit gefiel es ihnen noch weniger, dass Pig nicht den regulären Ausgang an der Riensberger Straße nahm, sondern stattdessen an der Heymelstraße über die Friedhofsmauer kletterte, um einen großen Teil der ungeschützten Wegstrecke auf der Riensberger Straße zu vermeiden. Da Jens aber am Ende eben dieser Straße wohnte, musste er schließlich dennoch ein Stück die offene Straße entlang. Die Riensberger lag ruhig und friedlich vor ihm. Pig folgte ihr in Richtung Lehe. Immer wieder sah er sich um, betrachtete ganz genau jedes Auto, das an ihm vorbeifuhr. Aber niemand interessierte sich für ihn. Auch als die Straße am Ende einen Knick machte und Pig das Haus sehen konnte, zu dem er wollte, war nichts Verdächtiges zu bemerken. Keine Gangsterautos weit und breit. Die Haustür stand zufällig offen, so ein Glück. Pig stürzte hinein und hoch in den ersten Stock. Er klingelte, doch nichts passierte. Pig klopfte, er hämmerte mit der Faust an die Tür, aber Jens öffnete nicht. Pigs Gedanken rasten. Er brauchte Geld, um abhauen zu können. Sollte er hier warten? Nein, zu gefährlich. Gegenüber waren Büsche, da würde er sich verstecken und von da aus das Haus beobachten.

Als Pig die Treppe wieder runterging, kamen ihm zwei Männer entgegen. Erst wollten sie Platz machen, aber dann sagte der eine »He!« und stürzte sich auf ihn.

André steuerte, während Tom auf der Rückbank Pig in Schach hielt. Das war nicht allzu schwer. Pig tupfte wimmernd an seiner aufgeplatzten Augenbraue herum.

»Gute Idee, die Freunde von dem Kerl abzuklappern«, meinte Tom. »Los, wir fahren ein bisschen ins Grüne, in den Stadtwald oder so. Wir wollen doch ungestört mit unserem stahlharten Supermann reden.«

Er wendete sich zu Pig um.

»Hör auf zu heulen, sonst gebe ich dir einen echten Grund dafür!«

Tom war zuversichtlich, dass sie nicht allzu viele Schwierigkeiten haben würden, aus dem Jungen die nötigen Informationen rauszukriegen.

Fünfundzwanzig
Party-Crusher

Brieselang wendete das Fleisch. Zischend verbrannte Fett auf den Kohlen. Seine Frau brachte ihm ein Bier. Irgendjemand grölte, er würde verhungern. Gerade wollte Frau Brieselang ihrem Mann einen Kuss geben, da spurtete er los und stürzte auf eine Gruppe von Gästen zu. Bierselig ins Gespräch vertieft, waren sie einem der Beete zu nahe gekommen.

»He! Passt doch auf, ihr steht schon halb in den Tulpen.«

Die Angesprochenen machten einige Schritte zur Seite. Brieselang wollte sich umdrehen und zurück zum Grill gehen. Da spürte er eine Hand auf seiner Schulter.

»Das ist doch völlig sinnlos, Brieselang. Wenn Sie um Ihren Garten fürchten, dürfen Sie darin kein Fest veranstalten.«

Brieselang wandte den Kopf, um zu sehen, wer hinter ihm stand. Es war Frese.

»Hallo«, er war etwas überrascht, »Sie hier?«

Frese lachte.

»Mensch, Sie sehen ja begeistert aus. Haben Sie denn vergessen, dass Sie mich eingeladen haben?«

Brieselang versuchte, sich nicht anmerken zu lassen, dass er sich sehr sicher war, das nicht getan zu haben.

Erneut lachte Frese. Dieses Mal so laut, dass sich ein paar Leute zu ihnen umdrehten.

»Spaß beiseite. Ich brauche Sie. Es gibt neue Informationen. Wir müssen sofort los.«

Frese packte Brieselang am Arm und bugsierte ihn rüber zu seiner Frau.

»Frau Brieselang, es tut mir leid, aber ich muss Ihren Mann entführen.«

Fassungslos starrte sie ihn an.

»Aber er hat doch frei. Einen Monat haben wir in die Planung dieses Barbecues gesteckt.«

»Es geht um Leben und Tod«, antwortete Frese und nahm Brieselang ohne ein weiteres Wort mit sich.

»Ach, diese jungverheirateten Paare«, Frese grinste ihn an, »da geht einem ja das Herz auf. In ein paar Jahren wird sie froh sein, wenn Sie mal eine Weile weg sind.«

Brieselang protestierte, sowohl gegen die Entführung als auch gegen die Sache mit dem Frohsein. Aber Frese stopfte ihn einfach in sein Auto und setzte sich hinters Lenkrad.

»Nicht schlecht, Kollege«, sagte er, während er den Motor startete, »gerade erst haben Sie als Kommissar angefangen und können sich schon so ein Haus leisten. Das habe ich trotz meiner fünfundzwanzig Dienstjahre immer noch nicht geschafft«.

Brieselang wollte eigentlich sagen, dass er es sich

auch nicht leisten konnte, aber in diesem Moment ließ Frese die Kupplung springen und raste los, geradeaus die Grasdorfer Straße runter.

»Hier spielen oft Kinder«, keuchte Brieselang, während er mit hektischen Bewegungen versuchte, den Gurt zu schließen.

Frese klebte das Blaulicht aufs Dach und raste mit unvermindertem Tempo weiter.

»Ich habe einen Tipp bekommen. Simsons Jungs haben überall nach Typen gesucht, die im Park Schwule verprügeln.«

Er drehte Brieselang den Kopf zu.

»Warum sind wir nicht darauf gekommen?«

»Vorsicht«, brüllte der.

Als sie die Straße »Zum Falsch« kreuzten, nahm ihnen ein von links kommender Lastwagen die Vorfahrt. Gerade eben konnte Frese einen Zusammenstoß verhindern.

»Verdammt«, rief Frese, »wir haben Vorfahrt.«

Der Lastwagenfahrer fuhr trotz Freses Hupen ungerührt weiter. Frese beschleunigte wieder. In der Straße »Zum Glühmoor« hatten sie einen alten und offenbar tauben Mann im Mercedes vor sich, der die zulässige Höchstgeschwindigkeit nicht ausnutzte und etwas unsicher immer mal etwas zu weit links und dann wieder zu weit rechts fuhr. Frese fluchte: »Idiot, hört der denn das Martinshorn nicht?«

Brieselang merkte, wie Frese auf eine Gelegenheit lauerte, zu überholen, und hoffte, dass diese nicht käme. Und sie kam auch nicht, aber Frese machte es trotzdem. Er streifte eine Hecke und fuhr fast einen

Pfahl um, schaffte es aber dennoch, irgendwie mit Vollgas vorbeizukommen.

Fast ohne zu bremsen, bog Frese in die Wittorfer Straße ab.

»Da kommt ein Bahnübergang«, rief Brieselang, und dann sah er auch schon die sich gerade schließenden Schranken näherkommen.

Frese gab noch mal richtig Gas und kam eben so drunter durch.

»Hier ist eine Tempo-dreißig-Zone«, sagte Brieselang, obwohl er jetzt nicht mehr das Gefühl hatte, dass das was nützen konnte.

Frese ging auch weder mit Worten noch mit einer Geschwindigkeitsreduzierung darauf ein. Sie erreichten die Mahndorfer Heerstraße und bogen links ab. Frese drückte das Gaspedal ganz durch und begann, im Slalom die anderen Verkehrsteilnehmer aus beiden Richtungen zu umfahren.

»Es gibt noch mehr Neuigkeiten in unseren Mordfällen«, sagte Frese.

Sie kamen am Ortsausgangsschild vorbei.

»Müssen wir nicht die niedersächsischen Kollegen fragen, bevor wir bei ihnen ermitteln?«, fragte Brieselang.

»Brieselang! Menschen schweben in akuter Lebensgefahr, und Sie fragen mich nach dem Dienstweg?« Frese schüttelte den Kopf. »Ist Ihnen nicht klar, dass es hier auf Minuten ankommt, oder wollen Sie bloß schnell zurück zu Ihrer blöden Party, um die Nachbarn vom Zertrampeln Ihrer Blumen abzuhalten?«

Frese raste durch Uphusen durch.

Brieselang wollte fragen, was es denn für Neuigkeiten gebe und wer in Lebensgefahr schwebe. Doch da, gerade als Frese ein Auto mit Pferdeanhänger überholte, tauchte vor ihnen plötzlich eine Mittelinsel auf. Frese war gezwungen, sie auf der falschen Seite zu umfahren. Ein Laster kam ihnen entgegen. Brieselangs Herz blieb für einen Moment stehen. Das konnte nicht gut gehen. Aber Frese schaffte es gerade noch rechtzeitig, wieder auf die rechte Fahrbahn zu wechseln. Allerdings hatten nur wenige Zentimeter zum Crash gefehlt, und die Scheiben ihres Autos bebten bei der Vorbeifahrt des Lastwagens. Brieselang blieb die Luft für seine Frage weg.

Rechts von Brieselang wurde es waldig, links fragte Frese: »Haben Sie eigentlich Ihre Knarre dabei?«

»Meine Knarre?« Brieselang konnte nicht glauben, was er da gehört hatte. »Beim Grillen in meinem eigenen Garten?«

»Schade!« Frese zuckte mit den Schultern. »Na, dann muss es halt ohne gehen.«

»Zurück zu unserem Fall«, fuhr Frese fort und bog in Bierden vor einem großen, nach Krankenhaus aussehenden Gebäude rechts ab, ohne die Geschwindigkeit merklich zu verringern. Brieselang schloss die Augen und hielt sich zur Sicherheit auch noch die Hand davor.

»Ich habe einen Hinweis bekommen, dass Simsons Leute bei ihrer Suche nach Leuten, die Schwule zusammenschlagen, auf einen jungen Mann namens Christian Krüger gekommen sind. Er ist zwanzig Jahre und BWL-Student. Und jetzt suchen sie ihn.«

»Und was machen wir?« Brieselangs Stimme klang gepresst.

»Dasselbe«, antwortete Frese und bremste. Abrupt kam der Wagen zum Stehen. Erst jetzt bemerkte Frese, dass sich Brieselang die Augen zuhielt.

»Mensch Brieselang, was ist denn mit Ihnen los? Vertragen Sie das Autofahren nicht? Das ist aber nicht so gut für einen Polizisten.«

Brieselang nahm die Hand von den Augen und sah ein kleines Einfamilienhaus. Es sah nicht teuer aus, aber extrem gut gepflegt, und hatte einen penibel getrimmten Vorgarten.

»Sehen Sie, wir haben die Sache die ganze Zeit von der falschen Seite aus betrachtet. Ein Gangster wird ermordet. Natürlich denkt man, dass es Zufall ist, wenn es in einem Park passiert, wo sich Schwule treffen. Aber in Wirklichkeit war es vielleicht die Art von Verbrechen, die in solchen Parks passieren, und Zufall, dass es einen Gangster traf. Können Sie mir folgen?«

Frese schaute zur Seite, um zu sehen, was Brieselang dazu zu sagen hatte. Aber Brieselang hatte die Autofahrt noch nicht so richtig verdaut und blieb stumm.

Frese runzelte die Stirn.

»Wie auch immer. Erinnern Sie sich an den Toten im Bunker? Wir dachten, das hätte nichts mit unserem Fall zu tun, aber vielleicht stimmt das gar nicht. Er war nämlich ein Freund von Christian Krüger.«

Brieselang sagte immer noch nichts. Frese stieg aus und ging mit schnellem Schritt auf das Haus zu. Brieselang folgte ihm. Das Namensschild war selbstgetöpfert und mit bunten Blumen verziert. Frese drückte den darunter befindlichen Klingelknopf. Es erklang ein Glockenspiel.

Schon nach wenigen Sekunden hörten sie, wie sich innen ein Schlüssel im Schloss drehte. Die Tür wurde einen Spalt weit geöffnet und das missmutige Gesicht eines etwa 50-jährigen Mannes schaute heraus.

»Ja bitte?«, fragte er mit abweisender Stimme.

»Guten Tag!« Frese knipste sein amtliches Lächeln an. »Sind Sie Herr Krüger? Wir suchen Ihren Sohn Christian.«

»Hier ist er nicht«, antwortete der Mann und wollte die Tür wieder schließen. Aber Frese hatte seinen Fuß schon drin. Er zog seinen Polizeiausweis aus der Jacke.

»Es tut mir leid, dass wir stören, Herr Krüger, aber Ihr Sohn ist in Schwierigkeiten. Bitte helfen Sie uns, damit wir ihm helfen können.«

Herr Krüger sah sich den Ausweis sehr genau an, dann zog er die Tür ganz auf. Frese und Brieselang hatten nun freie Sicht auf einen schmalen Flur, an dessen anderem Ende ein etwa 17-jähriges Mädchen stand.

»Schwierigkeiten? Wieso?«, fragte Herr Krüger.

»Ich kann keine Details über laufende Ermittlungen preisgeben, aber es ist möglich, dass er in ein Verbrechen verwickelt ist.«

Offensichtlich rang der Vater um Fassung.

»Verbrechen? Oh Gott, deshalb waren diese Männer hier. Wollten auch wissen, wo er ist. Die haben keinen guten Eindruck gemacht.«

»Männer? Was für Männer?«

Aufgrund der Beschreibung, die Krüger ihnen gab,

konnten Brieselang und Frese unschwer Tom und André erkennen.

»Wenn sie schon hier waren, ist es doppelt wichtig, dass wir Ihren Sohn finden«, sagte Frese. »Vor allem, bevor die ihn finden. Also, wo ist er?«

»Tut mir leid«, antwortete Krüger, »ich weiß es wirklich nicht.«

»Wahrscheinlich«, Frese beugte sich etwas vor, »ist Ihr Sohn in Gefahr. Wissen Sie bestimmt nichts? Haben Sie vielleicht wenigstens einen kleinen Hinweis?«

Der Vater zuckte hilflos mit den Schultern, sein Gesicht war ganz blass geworden.

Brieselang gab Frese einen Stoß in die Rippen. Frese drehte sich zu ihm rum, und Brieselang deutete auf das Mädchen. Die ganze Zeit hatte sie stumm im Hintergrund gestanden. Dabei benahm sie sich entschieden merkwürdig. Ihre Beine schienen zu zittern, ihre Augen waren geweitet. Brieselang hatte Sorge, sie würde gleich umfallen.

»Wer sind Sie denn?«, fragte Frese.

Ein paar Mal öffnete sie ihren Mund, ohne dass etwas herauskam.

»Das ist Nicole, meine Tochter«, sagte der Vater.

»Wissen Sie, wo Ihr Bruder ist?«, fragte der Assistent.

»Nein«, hauchte sie, aber es klang nicht sehr überzeugend.

»Nicole«, der Vater machte ein paar Schritte auf sie zu, »wenn du was weißt, dann raus damit!«

Jetzt fing sie an zu weinen. Schluchzend sagte sie: »Aber ich habe nur eine Telefonnummer.«

»Dann her damit!«, brüllte Frese, während Brieselang bereits das Handy zückte, um die dazugehörige Adresse in der Zentrale abzufragen.

Wenig später saßen die beiden wieder im Auto und rasten mit Blaulicht zu Axels und Pigs Versteck.

Sechsundzwanzig
Showdown

Irgendetwas Hartes hatte gedrückt. Axel war dadurch aufgewacht. Obwohl er sich gar nicht erinnern konnte, eingeschlafen zu sein. Aber das musste er wohl. Was war das nur, was sich da in seine Wange bohrte? Verdammt! Die Knarre. Scheinbar hatte er sie als Kopfkissen benutzt. Das Ding war nicht mal gesichert.

Axel lachte, aber es war keine Freude darin. Wie zum Teufel war er in diese Scheiße geraten? Nie zuvor hatte er im Park Schwule gejagt, war auch gar nicht der Typ dafür. Na klar, wenn er besoffen war, machte er schon mal Mist. Aber so was? Nie!

Er hatte auch gar nichts gegen Schwule. Sollten sie doch machen, was sie wollten.

Axel erhob sich von der Couch und ging zum Wohnzimmerschrank. Aus dem untersten Fach nahm er den Koffer mit dem Geld heraus und sah es sich an.

So viel Geld. Axel seufzte. Und so viel Ärger. Vielleicht hatte Haase doch recht gehabt, und sie hätten zur Polizei gehen sollen. Aber Pig wusste ja immer alles besser.

Mistkerl!

Wo war er überhaupt? Axel sah sich um. Kein Pig zu sehen.

Axel ging durch die Wohnung. Er war allein. Draußen schien es schon zu dämmern. Wie spät war es eigentlich? Im Wohnzimmer hatte er doch eine Uhr gesehen. Was zeigte sie an? Halb neun. Axel ging zurück ins Wohnzimmer und sah aus dem Fenster.

Es war so ungefähr 6 Uhr nachmittags gewesen, als Pig los war. Er hätte längst wieder da sein müssen. Da war was schiefgegangen.

Axel ging zum Koffer zurück. Er strich mit der Hand über die Geldscheine, dann klappte er den Deckel zu und verriegelte die Schlösser. Er nahm den Koffer in die Hand, um ihn zurück in den Schrank zu tun, da klingelte es an der Wohnungstür.

Endlich kam Pig zurück. Obwohl, das wäre ja relativ spät.

Nein, zu spät.

Axel sah sich nach der Knarre um. Sie lag noch auf der Couch. Mit dem Ding in der Faust fühlte er sich besser. Vorsichtig schlich er durch den Flur zur Tür. Zum Glück war es ein Neubau, da gab es keine knarrenden Dielen.

Durch den Spion konnte Axel zwei Männer und eine Frau im Treppenhaus stehen sehen. Er kannte alle drei nicht, aber sie wirkten nicht nett.

Jetzt musste er schnell sein. Axel griff mit der Linken nach dem Türknauf, aber in der hatte er ja noch den Koffer. Leise stellte er ihn neben der Tür auf den Boden. Ganz langsam drückte er die Klinke herunter,

Millimeter für Millimeter. Als er Widerstand spürte, brachte er mit der Rechten die Pistole in Stellung. Axel atmete zwei Mal tief durch, dann riss er die Tür auf und fing sofort an zu schießen. Oft genug hatte er das beim Videospielen geübt. Die Hände der Leute zuckten zu ihren Taschen, aber Axel war zu schnell für sie.

Die Schüsse hallten extrem laut im Treppenhaus. Die Frau fiel um, der rechte Mann auch, aber der linke nicht. Es war ein riesiger, blonder Kerl. Axel hatte ihn getroffen, das wusste er genau. Aber der Typ stand nur etwas krumm da. Jetzt bekam er doch noch seine Knarre aus der Tasche. Axel bekam einen Schlag in die Seite. Er schoss dem Blonden ins Gesicht, endlich ging der Mistkerl in die Knie. Die nächste Kugel warf ihn zu Boden.

Axel drückte noch mal ab, aber das Magazin war leer. Er ließ die Knarre fallen.

Schnell raus, gleich war alles voller Bullen. Er bildete sich sogar ein, schon die Martinshörner zu hören. Nur noch den Koffer nehmen, dann war er weg. Axel rannte die Melchersstraße runter und wollte links in die Wätjenstraße. Nein, doch lieber geradeaus weiter. Und die nächste rechts rein. Hier war er noch nie gewesen. Die Straße war irgendwie gekrümmt. An der nächsten Ecke bog er wieder rechts ab. Jetzt kam er auf eine große Straße. Die kannte er. Das war die H.-H.-Meier-Allee. Er lief zur Abwechslung mal nach links. Die Leute, die ihm begegneten, sahen ihn so komisch an. Warum wohl? Er musste runter von der Straße, in irgendeine kleinere. Die nächste wieder rechts. Busestraße. Komischer Name. Axel kam an Tennisplätzen vorbei. In einiger Entfernung hörte er ein Martinshorn. Er überquerte noch eine breitere Straße und lief immer weiter und weiter, ohne zu wissen wohin und wie lange schon. Axel bekam langsam Seitenstiche. Neben ihm waren Bäume. Wo verdammt war er eigentlich? Das musste ein Park sein.

Es war jetzt fast dunkel. Auf der Straße konnte er sich nicht verstecken, also rein in den Park. Vielleicht konnte er da irgendwo ausruhen. Er lief und lief. Ein unglaublicher Adrenalin-Schub hatte ihn bis hierhin gebracht. Aber jetzt war das Adrenalin wahrscheinlich so langsam aufgebraucht, das Laufen fiel ihm immer schwerer. Irgendwann merkte Axel, dass ihm auf dem Kiesweg die Sohlen schmerzten. Axel sah runter. Er hatte keine Schuhe an, und seine Füße waren rot. Das Blut seiner Feinde. Axel lachte.

»Ich glaub', ich bin im falschen Film«, sagte er.

Durch das Lachen wurden seine Seitenstiche schlimmer. Axel legte die Hand an die Seite. Da war es warm und feucht. Er fluchte. Blut, sein eigenes. Sie hatten ihn erwischt. Axel ging langsam weiter. Er musste einen Platz zum Verschnaufen finden. Dort würde er sich die Wunde ansehen.

Schließlich hielt er inne. Seine Muskeln wollten einfach nicht mehr. Dort war eine Bank, da konnte er sich setzen. Es waren nur noch ein paar Meter, aber plötzlich trugen ihn seine Beine nicht mehr. Sie gehorchten nicht, drohten unter ihm wegzuknicken. Axel versuchte, noch einen weiteren Schritt zu machen, aber seine Beine gaben nach und er fiel um. Im Fallen sah er noch, dass inzwischen seine ganze Seite voller Blut war, dann wurde es um ihn herum schwarz.

Seit Ludwig aus dem Krankenhaus gekommen war, hatte er sich nicht mehr hierher getraut. Erst war er zu Hause geblieben. Wenigstens besaß er noch einen Fernseher. Als er begann, sich einsam zu fühlen, versuchte er ein paar alte Freundschaften zu reaktivieren.

Aber wahrscheinlich hatte er dabei zu viel herumgejammert. Keiner wollte sich mit ihm treffen. Dann war er in die einschlägigen Bars oder Saunen gegangen, aber bei seinem Alter und so wie er aussah, blieb er auch da allein.

Außerdem war es geil in den Büschen. Von ein paar Idioten ließ er sich das doch nicht vermiesen. Diese Clubs waren auch ganz schön teuer, und er hatte kein Geld. Im Park war es umsonst. Meistens.

Vorsichtig ging Ludwig den Weg entlang, immer auf der Hut und bereit, im Zweifelsfall wegzulaufen. Aus dem Dunkel vor ihm hörte er ein Stöhnen, aber es war kein lustvolles. Ludwig blieb stehen. Sein Herz klopfte. Wahrscheinlich war es besser, umzukehren. Doch etwas zog ihn vorwärts. Nach ein paar Schritten nahm er eine Gestalt wahr, die auf dem Boden lag. Langsam ging er weiter. Es war ein junger Mann. Die Art, wie er dalag, löste erneut einen Fluchtimpuls bei ihm aus. Dennoch blieb er.

»Hallo«, sagte Ludwig, »geht es Dir nicht gut?«

Das klang doch albern. Natürlich nicht, sonst würde er wohl kaum hier mitten auf dem Weg liegen.

Ludwig beugte sich hinunter und sah ihm ins Gesicht. Der war weggetreten. Er wollte den Puls fühlen, aber der Junge umklammerte einen Aktenkoffer, so dass Ludwig gar nicht richtig an das Handgelenk kam. Es war sehr schwer, seine Hände davon zu lösen. Plötzlich zuckte der Junge, dann wurden seine Arme ganz schlaff. Er sah jetzt beunruhigend leblos aus.

Kein Puls.

»O.k.«, sagte Ludwig laut, obwohl ja sonst niemand da war, »besser du haust ab.«

Was wohl in dem Koffer war, den der Kerl so fest umklammert hatte?

Siebenundzwanzig
Ungebetener Besuch

Es war zwar schon fast eine Woche her, aber die Zeitungen berichteten immer noch mit großen Schlagzeilen darüber. Das war gut so, denn die Chefin war erst vor einer halben Stunde aufgewacht. Man sagte ihr, sie sei im St. Joseph-Krankenhaus. Dort war sie mehrmals operiert worden, und dann hatte sie tagelang in einem komaähnlichen Zustand geschlafen.

Das Letzte, woran sie sich erinnern konnte, war, wie sie auf der Treppe stand und die Tür aufging. Dann knallte es. Sie bekam nicht mal mehr die Knarre aus der Tasche, hatte auch geglaubt, sie würde sie nicht brauchen, dachte doch, Tom und André würden das regeln. Offenbar war dieser Milchbubi gefährlicher gewesen, als sie gedacht hatten. Oder sie wurde alt.

Das nächste, was sie sah, war die Decke ihres Krankenhauszimmers. Man brachte ihr Haferschleim und Kamillentee. Das entsprach nicht ihren Bedürfnissen. Aber dann bekam sie die Zeitung, und die las sie nun.

Tom und André waren tot. Und den Milchbubi hatte man im Bürgerpark gefunden, ganz in der Nähe der Stelle, wo es Olli erwischt hatte. Die Polizei wunderte sich, dass er mit seiner Verletzung noch so weit hatte laufen können. Sie meinte auch, wäre er nicht mehr so weit gelaufen, sondern hätte auf einen Arzt gewartet, würde er wahrscheinlich noch leben.

Es wurde über eine Pressekonferenz von Frese berichtet, er war jedoch sehr zögerlich mit der Herausgabe von Informationen gewesen. Frese meinte, es habe wohl eine Abrechnung unter Gangstern gegeben. Wie genau da was womit zusammenhänge, würde vielleicht nie herauskommen. Mit Sicherheit hingen jedoch die drei ermordeten jungen Männer mit drin. Bei dem aus dem Bürgerpark sei die Waffe gefunden worden, mit der der erste Mord begangen worden war. Der Mord in genau demselben Park.

Die Journalisten fragten, ob nicht von der verletzt im Krankenhaus liegenden Bandenchefin Simson Aufklärung zu erwarten sei. Aber auf diese Frage hin lachte Frese nur.

Ein Koffer voller Geld wurde in dem Artikel an keiner Stelle erwähnt.

Die Chefin war verwirrt. Bevor sie jedoch allzu sehr ins Grübeln kommen konnte, öffnete sich die Tür ein wenig. Eine Frauenstimme war zu hören. Sie protestierte und lehnte jede Verantwortung ab. Dann hörte die Chefin eine Männerstimme, die ihr bekannt vorkam.

»Ach, das ist ein reiner Freundschaftsbesuch. Ich stelle keine Fragen, bringe ihr nur die Blumen. Bestimmt freut sie sich, mich zu sehen.«

Die Tür ging ganz auf, und die Chefin konnte einen uniformierten Polizisten auf dem Gang stehen sehen. Er stand direkt vor ihrer Tür. Dann kam Frese herein. Er strahlte über das ganze Gesicht und hatte einen Strauß Sonnenblumen in der Hand.

»Ah, wie schön, dass Sie wieder wach sind! Als ich das gehört habe, bin ich gleich hergekommen.«

Ohne sich umzudrehen, schob er die Tür mit dem Fuß zu.

»Die Ärzte haben Ihnen eigentlich keine Chance gegeben, aber ich habe gleich gesagt: Die ist zäh!«

Sein Grinsen war wie festgewachsen.

»Obwohl, als ich Sie da so im Treppenhaus liegen sah, mit all dem Blut, da habe ich mir schon Sorgen gemacht. Wenn wir nur zwei Minuten früher dagewesen wären, hätten wir es vielleicht noch verhindern können.«

Die Chefin war noch sehr schwach, und man sah ihrem Gesicht bestimmt an, wie wenig sie sich über den Besuch freute. Aber Frese ignorierte das einfach.

»Schickes Nachthemd«, sagte er.

Bildete sie sich das ein, oder schwang da Ironie mit? Als sie an sich hinabsah, wurde ihr bewusst, dass sie eines dieser hinten offenen Krankenhausnachthemden trug.

»Wenn Sie wollen, bringe ich Ihnen ein paar Sachen. Tom und André können das ja nicht mehr tun. Und ich habe im Moment sowieso einen Schlüssel zu Ihrer Wohnung.

»Nein danke!« Die Chefin zog die Decke bis zum Hals hoch. »Was wollen Sie?«

Der Versuch, ihn mit stahlharter Stimme in seine Schranken zu weisen, war gescheitert. Ihre Stimme klang einfach nur sehr erschöpft.

Frese blieb auch völlig unbeeindruckt.

»Dann nicht. Wollte Ihnen nur helfen.«

Suchend schaute er sich um, legte die Blumen auf den Tisch, nahm sie dann wieder in die Hand.

»Ich dachte, ich komme mal vorbei und erzähle Ihnen, was in der Zwischenzeit so passiert ist.«

Er deutete auf die Zeitung auf dem Nachttisch.

»Da steht ja auch nicht alles drin. Zum Beispiel nicht, woher die vom Drogendezernat neulich über diesen Drogendeal Bescheid wussten.«

Frese machte eine Kunstpause, aber die Chefin tat ihm nicht den Gefallen nachzufragen.

»Anscheinend hatten die einen anonymen Anruf mit einem Tipp, dass da was stattfinden sollte. Wer das war, werden wir nie erfahren. Klar ist jedoch, dass die Person nicht angerufen hat, um ihre staatsbürgerliche Pflicht zu tun. Irgendein persönlicher Nutzen war dabei, und die Informationen waren echt spärlich. Gerade mal der Ort und dass da was läuft. Als die Aktion dann schiefging, saßen die Kollegen informationsmäßig auf dem Trocknen. Doch sie hatten den Verdacht, dass Greg Zawusch, der Spielothekenbesitzer, in dem

Geschäft mit drinhing. Sie installierten eine Wanze bei ihm, aber er hat das Ding sofort gefunden.«

Frese vertiefte sich in die Betrachtung eines Aquarells, das an der Wand gegenüber dem Bett hing. Es zeigte eine waldige Landschaft und einen kleinen Bach.

»Die Farben sind ein bisschen blass«, sagte Frese, »sonst finde ich es eigentlich recht hübsch. Nur der Himmel«, er zeigte mit dem Finger darauf, »der gefällt mir nicht. Dieses flächige Blau wirkt etwas leer. Vielleicht hätte man da ein paar Wolken oder Vögel hinmalen sollen.«

Er drehte sich wieder zur Chefin rum.

»Hätte Zawusch sie nicht gefunden, die Wanze, meine ich, hätten die Drogenheinis vielleicht wenigstens mitbekommen, wer ihn und seine Jungs erledigt hat. Aber das Unglaubliche ist, die haben erst gar nicht bemerkt, dass die Wanze tot war. Dachten, Zawusch sei so schweigsam.«

Die Chefin fragte sich, warum er ihr das erzählte. Irgendwie war sie doch noch sehr schwach, und das alles wurde ihr zu viel.

»Sie hätten die hören sollen: 'Dass der die so schnell findet, dass kann man doch nicht ahnen'. Ja, man bekommt einfach kein gutes Personal mehr.«

Plötzlich schien Frese sich für den Fernseher und die Fernbedienung zu interessieren. Sie war seitlich am Nachttisch angebracht und mit dem Telefon kombiniert.

Frese fragte sie, wie das Ding funktioniere, aber sie winkte nur ab. Tatsächlich hatte sie dieses technische Equipment vorher noch gar nicht bemerkt.

»Was wollen Sie?«, kam es krächzend aus ihrem Hals. Aber Frese antwortete nicht, sondern lachte nur. Er schlenderte langsam zum Fenster rüber und schaute hinaus.

»Mensch, hier aus dem sechsten Stock hat man ja eine fantastische Aussicht. Sie haben echt Glück. In der Chirurgie war kein Bett mehr frei, deshalb liegen Sie jetzt auf der Inneren.«

Vom Bett aus konnte die Chefin natürlich nichts sehen.

Frese deutete mit dem Finger auf etwas und drehte sich zu ihr um.

»Man sieht sogar den Bahnhof.«

Er wandte sich wieder dem Fenster zu.

»Jaja, der Bahnhof. Das ist auch so ein Problem. Ich weiß nicht, ob Sie das gehört haben.« Er warf ihr einen kurzen Blick zu und sein Gesichtsausdruck war sehr ernst. »Da wird gedealt. Heroin vor allem. Immer wieder ruft irgendwer nach der Polizei und will einen sauberen Bahnhof.«

Frese ging näher ans Fenster, scheinbar, um etwas zu beobachten, das sich direkt vor dem Krankenhaus abspielte.

Dann drehte er sich wieder zu ihr um.

»Die Tage ist da am Bahnhof etwas Komisches passiert. Die Dealer hatten keinen Nachschub. Die Junkies sind natürlich ausgeflippt.«

Frese sprach nicht weiter, so als würde er erwarten, dass die Chefin eine Frage stellte. Aber sie fragte nicht. Sie wurde immer schwächer und schwächer. Und dieses sadistische Monster ließ sie nicht in Frieden. Ihre

Augenlider wurden schwer. War das Müdigkeit oder schon eine beginnende Ohnmacht?

»Aber dann sind diese Leute aus der Neustadt eingesprungen. Der Schränker heißt da der Boss. Die sind jung, hungrig und fix. Keinen halben Tag saßen die Junkies ohne Stoff da.«

Offenbar hatte Frese einen Fussel oder etwas Ähnliches auf seiner Jacke bemerkt. Er versuchte, ihn wegzuwischen.

»Natürlich behalten wir diesen Schränker im Blick. Irgendwann macht er einen Fehler, und wir kriegen ihn dran. Aber das wird wohl noch eine Weile dauern, und ich frage mich, ob dieser Kerl Interesse daran haben kann, dass die Person, die den Bahnhof vorher versorgt hat, wieder ins Geschäft kommt. Falls diese Person vielleicht auch keine Leute mehr hat, könnte es schlecht für sie aussehen.«

Prüfend sah Frese sie an.

»Ich frage mich, ob diese Person vielleicht sogar in Gefahr ist und die Gegend besser verlassen sollte? In dieser Stadt stehen nicht überall Polizisten auf den Gängen.«

Langsam stahl sich ein Lächeln auf Freses Gesicht.

»Aber warum erzähle ich Ihnen eigentlich von diesen ganzen schrecklichen Sachen. Sie mit Ihrem Import-Export-Geschäft haben mit so was ja nichts zu tun.«

Lärm war auf dem Gang zu hören. Etwas schlug gegen die Tür, dann ging sie auf.

Der Anwalt der Chefin versuchte hineinzugelangen. Zwei uniformierte Beamte wollten ihn davon abhalten.

»Ich protestiere«, rief er, »meine Mandantin ist nicht vernehmungsfähig. Und sie beantwortet Fragen nur in meinem Beisein.«

Strahlend begrüßte Frese den Anwalt und bedeutete den Beamten, ihn loszulassen.

Aber der Mann war noch nicht besänftigt.

»Ich protestiere nochmals gegen Ihre Methoden, das hat ein Nachspiel«, bellte er.

An Frese perlte das jedoch ab. Er ging auf den Anwalt zu und klopfte ihm kameradschaftlich auf die Schulter.

»Keine Panik. Ich habe Ihre Mandantin nicht verhört. Wir haben nur ein bisschen Small Talk gemacht.«

Frese drückte ihm die Blumen in die Hand.

»Hier. Vielleicht könnten Sie sich um eine Vase kümmern. Ich muss los.«

Als sich die Tür schon längst hinter Frese geschlossen hatte, stand der Anwalt immer noch mit verdattertem Gesichtsausdruck da.

Dann fing er an, die Chefin mit Fragen zu löchern. Was hatte sie Frese gesagt und was Frese ihr?

Aber die Lider der Chefin wurden schwerer und schwerer. Sie konnte ihre Augen kaum noch offenhalten. Ihre Stimme klang belegt und dünn, als sie sagte, dass sie nichts gesagt habe.

Halb im Dämmerzustand hörte die Chefin noch, wie der Anwalt sagte, man könne ihr nichts beweisen. Wegen unerlaubten Waffenbesitzes würde man sie wohl drankriegen, aber aus ihrer Pistole sei ja nicht geschossen worden. Deshalb war er der Ansicht, dass sie, zumal auch nicht vorbestraft, auf keinen Fall mit einer Haftstrafe rechnen müsse.

Andreas kam vom Brötchenkauf im Backshop am Ostertorsteinweg zurück. Er holte die Post aus dem Briefkasten ihres Hauses in der St.-Pauli-Straße. Als er in die Küche kam, hatte Heino das Frühstück schon fertig. Die meisten Briefe waren Rechnungen. Aber einer kam aus dem Ausland. Der Stempel war unleserlich. Andreas machte ihn auf. Er war von Ludwig.

Es stand nicht drin, wo Ludwig war. Aber er schrieb, er habe viele neue Freunde gefunden. Außerdem würde er wohl noch 'ne Weile wegbleiben, vielleicht sogar überhaupt nicht zurückkommen.

In dem Umschlag war auch ein Foto. Es zeigte Ludwig am Strand inmitten einer Gruppe knackiger junger Kerle.

Er sah aus, als ginge es ihm gut.

Robert Berg

Beiß ihn tot, Tiger!

Geschichten aus dem Großstadtdschungel

In acht Geschichten aus dem Großstadtdschungel erzählt Robert Berg von den unterschiedlichsten Existenzen urbaner Biotope. Von gescheiterten und aufstrebenden, von armen und reichen, von halbseidenen und bürgerlichen, von gesunden und kranken. Sie lieben oder hassen sich, ignorieren einander oder sind sich etwas schuldig. In *Beiß ihn tot, Tiger!* trifft man auf afrikanische Tiger, besessene Musiker, eine zaubernde Doktorin der Philosophie, einen Versicherungsangestellten auf der Suche nach dem Glück und viele andere Gestalten.

Aus dem Inhalt:

Herr Hanel hat Geschäfte außerhalb
Gestern Nacht
Beiß ihn tot, Tiger!
Unter der Maske
Das blaue Kleid
Besser als schlecht, schlechter als gestern
Gregor der Große
Flötenklänge

2017. 256 Seiten
ISBN 978-3-943622-20-1

Roland Siegloff

SITZNACHBARiN

Roman

»Wir wünschen Ihnen einen angenehmen Flug!«
Wer sitzt da eigentlich im Flugzeug neben mir? Und warum? Was sind das für Menschen? Was treibt sie um? Und lohnt es sich, ein Gespräch anzuknüpfen?
Neun Fluggäste in der Abendmaschine von Brüssel nach Berlin geben Antworten. Sie sprechen über Leberwurst und Klimaschutz, beklagen Wartezeiten und moderne Architektur, sinnieren über Liebe und die Last des Alters. Verzagte stoßen auf Macher, Grübler beobachten Genervte. Andere treten neugierig, nachdenklich oder überaus hochnäsig auf. Manche hüten ein Geheimnis.
In Roland Siegloffs Roman treffen die Leserinnen und Leser auf Protagonisten, die ihnen bekannt vorkommen könnten: In *SITZNACHBARiN* tauchen einige Figuren aus *Nächster Halt: Südkreuz*, aus *Schlagt das Schwein tot!* und aus *Wolke sechs* wieder auf. Anderen begegnet man zum ersten Mal.
In ihren Gesprächen und Gedanken offenbaren Menschen aus den verschiedensten Sphären ihre komplexe Widersprüchlichkeit. Es scheint, als habe der Autor sie auf einem Flug mit *Fiction Fly* selbst getroffen. Er pendelt seit Jahren zwischen Berlin und Brüssel

2019. 112 Seiten
ISBN 978-3-943622-41-4

Roland Siegloff

Wolke sechs

Roman

Plötzlich kommt alles anders. Der Brexit stürzt Adrian Fox in persönliche Probleme. Und dann passiert noch eine Katastrophe, die sein Leben vollends aus der Bahn wirft. Der britische Atomlobbyist aus Brüssel findet sich unversehens auf der Autobahn gen Osten wieder – mit einer Schildkröte und seinem Sohn auf der Rückbank und einer Beifahrerin, die eigentlich gerade mit ihm Schluss gemacht hatte.

Dabei ging in der europäischen Hauptstadt doch alles seinen geordneten Gang. Beamte und Abgeordnete agierten im Dienste der EU, Lobbyisten nahmen wie gewohnt Einfluss, manch einsames Herz suchte nach einem Pendant. Paare fanden sich, Kinder wurden geboren, Ehen geschieden. Das alles geschah in dem sicheren Gefühl, dass alles so bleiben würde, wie es war. Bis gestern! Unverrückbar geglaubte Sicherheiten erscheinen nicht länger selbstverständlich. Die kleine Fahrgemeinschaft reist in eine ungewisse Zukunft.

Roland Siegloff geht in *Wolke sechs* der Frage nach, welche Ereignisse und Entscheidungen unser Leben steuern.

2018. 208 Seiten
ISBN 978-3-943622-30-0

Roland Siegloff

Nächster Halt: Südkreuz

Roman

»Magst Du 'ne Tomate und ein Stück Brot?«, wiederholte die Blonde. Und wie er mochte! Aber war es richtig, hier mit einer Fremden ins Gespräch zu kommen? Ein ums andere Mal hatte er in den vergangenen Monaten erlebt, dass Unbekannten nicht unbedingt zu trauen war. Sicher, einige hatten ihm weitergeholfen, als ihm Orientierung oder Unterstützung fehlten, und er hatte sich später gefragt, warum sie das getan hatten. Für einen Fremden. Ganz ohne Gegenleistung. Übrigens war auch den scheinbar Bekannten nicht zu trauen. Zwei, drei Mal hatten ihn Landsleute und Bekannte von Bekannten hereingelegt. Er hatte Zeit und Geld verloren.

Drei Menschen, zwei Züge, eine Nacht: Im Liegewagen von Budapest nach Berlin fürchtet ein afghanischer Flüchtling seine Entdeckung. Eine Museumspädagogin auf der Heimreise versucht im selben Waggon, den Grenzschutz zu überlisten. Und ein Beamter des Bundesinnenministeriums, hin- und hergerissen zwischen Politik und Privatem, kehrt im Schlafwagen von Verhandlungen in Paris zurück. Ängste und Erinnerungen steigen in den Reisenden hoch: Während ihre Nachtzüge durch Europa rollen, treffen ihre Lebenswege unerwartet aufeinander

2016. 120 Seiten
ISBN 978-3-943622-13-3